Renate Ndarurinze

Der Mann, der Orchideen veschenkte

1. Kapitel

Recht sympathisch sah er aus! Das war ihr erster Eindruck, als sein Wagen neben ihrem Fahrrad stoppte, er die Fensterscheibe herunterkurbelte und sie ansprach:

„Ist das nicht wunderschön?" fragte er und seine strahlend blauen Augen ruhten liebevoll auf dem Fohlen, das neben dem Sicherheit bietenden Körper der Mutterstute auf dem vom morgendlichen Tau noch feuchten Gras seine ersten zaghaften Sprünge in die Welt hinaus wagte.

Sie zückte ihre Kamera und machte einige Fotos. Ja, der Anblick der Stute mit ihrem Fohlen erfreute sie gleichermaßen. Frühling, neues Leben! Mensch und Tier spürten die Energie, die aus der Erde zu kommen schien, alle Lebewesen mit neuem Mut und Hoffnung erfüllte. Ein unvergesslicher Augenblick wurde ihr geschenkt, der sich unauslöschlich in ihrem Gedächtnis einprägte. Dazu dieses strahlende Gesicht des Mannes, der seine Freude an dem neuen Leben mit einem Menschen teilen wollte!

Ihre täglichen Fahrradtouren führten sie in der Folgezeit von Zeit zu Zeit an diesem Bauernhof mit dem riesigen grauen Scheunendach vorbei. Manchmal kamen zwei schöne Berner Sennenhunde kläffend aus dem Hof gelaufen, in dem alle Türen offen zu stehen schienen. Sie hatte keine Angst vor Hunden, doch da sie diese beiden nicht kannte, blieb sie stehen, ließ die Tiere an ihrem Fahrrad und an ihrer Kleidung schnuppern, streichelte ihre Köpfe, sobald sie Zutrauen gefasst und festgestellt hatten, dass von ihr keine Gefahr ausging. Sie setzten sich dann in die Hofeinfahrt, sahen ihr etwas bedauernd nach, wenn sie aufstieg und weiterfuhr.

Manchmal hoffte sie, den sympathischen Mann wieder zu treffen. Wohl bewegten sich des Öfteren alle möglichen weiblichen und männlichen Personen auf dem Hofgelände, das von Weiden umgeben war, auf denen friedlich zahlreiche Pferde grasten. Wahrscheinlich gehörte der Mann nicht zu diesem Hof.

Doch einmal ging er einige Meter vom Hof entfernt vor ihr den Weg entlang, den sie zum Dorf zurück nehmen musste. Sie hielt und grüßte. Er war freudig überrascht, sein sympathisches Gesicht strahlte.

„Mal wieder unterwegs?" begann er die Unterhaltung.

„Ja, richtig erraten, ich versuche, hier wieder Fuß zu fassen. Ich habe lange Jahre im Ausland gelebt", erwiderte sie und konnte ebenfalls ihre Freude über das unvermutete Wiedersehen nicht verbergen.

„Ich will die Weiden ein bisschen kontrollieren. Wollen wir ein Stück gemeinsam gehen?" schlug er vor.

„Gerne", erwiderte sie.

Er gab ihr die Hand und nannte seinen Namen, sie nannte ihm ihren.

„Ich weiß, wer Sie sind", sagte er zu ihrer Überraschung. „Sie wohnen im Dorf und fahren einen weißen Mercedes!"

„Stimmt, aber zurzeit fahre ich ein klappriges altes Fahrrad."

„Auch gut, das Wichtigste ist die Fortbewegung."

Sie gelangten an einen Weidezaun, lehnten sich dort an und beobachteten die Pferdeherde, die sich langsam auf die beiden Menschen zu bewegte.

„Pferde sind wunderschöne Wesen!" ließ er sich wieder vernehmen.

Die weichen Nasen der Pferde rieben sich an ihrem Arm. Der Geruch erinnerte sie an die Zeit, als sie ihr eigenes Pferd versorgen und streicheln konnte, Trost und Ruhe am warmen Körper ihrer Stute fand, wenn beruflicher oder familiärer Stress ihr die Luft zum Atmen zu nehmen drohten. Aber das war lange her, gehörte der Welt der Erinnerung an.

Die Jahre vergingen. Sie lebte sich in ihrer alten Heimat wieder ein, fand Arbeit, die sie von Neuem aufzufressen drohte. Wenn sie einmal wieder mit dem Fahrrad unterwegs war, änderte sie bewusst die Route, um nicht den Mann wieder zu treffen, der sie auf unerklärliche Weise beeindruckt hatte. Doch manchmal suchte sie aus der Ferne mit den Augen das riesengroße graue Scheunendach, das ihm Schutz bot und unter dem er wohl mit seiner Familie wohnte
Seinen Namen hatte sie inzwischen vergessen, er wahrscheinlich auch den ihren.

2. Kapitel

Drei Jahre später.

Sie war erst seit einigen Wochen aus Afrika zurück gekommen, wo sie auf den Spuren der Vergangenheit versucht hatte, von der Hektik, der durch Spannung geladenen Umwelt in ihrem eigenen Land Abstand zu gewinnen. Vielleicht war auch eine unterschwellige Motivation dieser Reise gewesen, dem derzeitigen Stillstand in ihrem Leben wieder neuen Schwung durch neue Begegnungen, neue Eindrücke zu vermitteln.

Sicher, ihre finanzielle Situation war zurzeit stabil, ihre beiden Söhne lebten in mehr oder weniger glücklichen Partnerschaften; auch deren berufliche Laufbahn und finanzielle Situation waren gesichert – wenn überhaupt von irgendeiner Sicherheit im menschlichen Leben die Rede sein kann.

Vielleicht war es auch gerade diese einschläfernde, leblose Sicherheit ohne besondere Ereignisse, der routinemäßige Ablauf der Wochentage und Wochenenden, die sie im Grunde unzufrieden und unruhig machten, eine Leere schafften, die sie auszufüllen gesucht hatte.

Die recht abenteuerlichen Ereignisse in dem früheren Kontinent ihrer Sehnsucht hatten sie noch nicht ganz wieder losgelassen und sie war wieder in ihr gewohntes Leben zurück gekehrt, hatte ihr Zuhause wieder hergerichtet, konnte ihre Muttersprache wieder sprechen, sich mit Ihresgleichen austauschen, alte Freunde wiederfinden und hatte voller Optimismus ihre beruflichen Tätigkeiten wieder aufgenommen. Der sechswöchige Aufenthalt in der total gegensätzlichen Kultur des afrikanischen Kontinents, die sie nie gänzlich hatte verstehen können, aber die sie vielleicht gerade aus diesem Grunde so sehr liebte, hatte ihr dennoch geholfen, ihre eigene Lebensweise wieder zu schätzen. Die Zuverlässigkeit eines einmal gegebenen Wortes, ein geregelter Tagesablauf, die Abwesenheit von größeren Unwägbarkeiten erschienen nun wieder wertvoll. Das war ihr Leben, das war ihre Kultur, die Sprache, in der sie aufgewachsen war. Es galt, den Weg wieder zurück zu finden, einzutauchen in den gewohnten Alltag, den Kühlschrank aufzufüllen, den PKW wieder aufzutanken, kurz, sich in ihrem Singledasein wieder wohlzufühlen.

Obwohl der Herbst schon fühlbar war, lachte die Sonne an einem dieser letzten Sommertage im August strahlend und übermütig vom Himmel, als wolle sie den Menschen noch einmal beweisen, wie viel Kraft sie besaß, Leben und Freude spenden, aber auch verbrennen konnte.

Neben ihr an der Tankstelle hielt ein grauer Vierradantrieb, dessen Fahrer sich gerade bereit machte, ihr seinen Platz an der Tankstelle zu überlassen, als er sich noch einmal nach ihr umdrehte. Sein freundliches, sympathisches Gesicht hellte sich auf, er schloss die Wagentür wieder und kam auf sie zu.

„Hallo, ich habe Sie lange nicht gesehen. Wir kennen uns doch. Haben Sie ein anderes Auto?"

Sie war ein bisschen überrascht und wusste zunächst nicht, woher sie dieses Gesicht kannte.

„Bitte entschuldigen Sie, ich weiß, dass wir uns schon

begegnet sind, aber ich kann mich im Augenblick nicht erinnern, wo und wann!"

„Sie hatten vor einigen Jahren ein neugeborenes Fohlen auf der Weide vor meinem Hof fotografiert. Erinnern Sie sich jetzt? Wir hatten uns damals auch schon geduzt."

Er nannte seinen etwas ungewöhnlichen Vornamen. Ihren Vornamen hatte er nicht vergessen.

„Ich möchte dich zu einem Glas Sekt bei mir zu Hause einladen, das Wetter ist so schön, wir könnten draußen sitzen. Ich hatte vor kurzem Geburtstag. Hast du Lust?"

Das vertrauliche „Du" kam ihm sehr leicht über die Lippen.

„Aha, dann sind Sie im Sternzeichen des Löwen geboren, nicht wahr?" Sie mußte sich erst wieder an das Du gewöhnen, denn normalerweise hielt sie erst Abstand zu Menschen, die sie nicht schon länger kannte.

„OK, ich habe eine Stunde Zeit, ich werde meine Einkäufe schnell zu Hause in den Kühlschrank stellen und dann komme ich zu Ihnen – Entschuldigung – zu dir!"

„Ja, gerne, bis gleich dann!" Er stieg ein und fuhr davon.

3. Kapitel

Sie fuhr nach Hause, entsorgte die Einkäufe im Kühlschrank, warf noch einen kurzen Blick in den Spiegel und fuhr die wenigen Kilometer, die das Dorf von seinem Anwesen trennte. Die große Scheune mit dem riesigen grauen Dach, das kleine Wohnhaus, die zahlreichen Vogelnistkästen in den umstehenden Pappeln, die Hühner, Gänse, der Hengst, der seinen edlen Kopf aus seiner Box den Ankommenden entgegenstreckte – alles strömte Ruhe, Frieden, Einklang mit der Natur aus. Die Hofeinfassung war mit lila Papierblumen geschmückt, auch die Brücke über dem Kanal am Zufahrtsweg zu seinem Hof war lila dekoriert.

Er hatte schon einen kleinen Gartentisch bereitgestellt und war dabei, zwei Stühle zu putzen, und auf den Rasen zu stellen, als sie in den Hof einfuhr.

„Du trinkst doch Sekt. Oder?"

„Nein, lieber nicht, ich vertrage Alkohol nicht gut, und muss ja wieder zurück ins Dorf fahren und am Nachmittag arbeiten."

„Dann vielleicht O-Saft mit Schuss?"

„Ja, in Ordnung, aber keinen heftigen Schuss."

Ein großer Kranz mit der Zahl „50" aus silbernem Pappmaché in der Mitte und mit lila Papierblumen umrundet war um das kleine Fenster gewunden, aus dem der Hengst seinen schönen Kopf steckte.

„Ist lila deine Lieblingsfarbe?" fragte sie, um die Unterhaltung einzuleiten.

„Nein, nicht gerade, aber weißt du nicht, dass dies die Farbe von Schwulen und Lesben ist? Ich bin schwul, und die Nachbarn haben durch diesen originellen Schmuck ihre Hochachtung zu meinem 50. Geburtstag ausdrücken wollen."

„Das finde ich ja sehr rücksichtsvoll", antwortete sie nach einem kurzen Augenblick des Zögerns, und versuchte, die Ironie in diesem Satz zu verbergen.

Sie schwiegen beide einige Minuten. Sie stellte fest, dass er sie aufmerksam von der Seite beobachtete, um wohl ihre Reaktion auf dieses freimütige Bekenntnis festzustellen. Sie versuchte, sich die Überraschung nicht anmerken zu lassen.

Warum sagte er das? War es ihm wichtig, dass sie es wusste? Wollte er Eindruck machen, wollte er sich bewusst abgrenzen, die Nachbarn entschuldigen, wollte er kundtun, dass das Umfeld seine Homosexualität akzeptiert hatte oder sogar guthieß? Wollte er klarstellen, dass die Welt, diese kleine Welt, in der er lebte, tolerant mit Homosexuellen umging? War es ihm wichtig zu erfahren, wie sie auf dieses Bekenntnis reagieren würde? Wollte er durch seine Offenherzigkeit beweisen, dass er stolz auf seine homosexuelle Neigung war?

Wortlos saßen die beiden Menschen einige Zeit nebeneinander, jeder seinen Gedanken nachhängend. Der schöne Berner Sennenhund Kurt, den er sich vor kurzer Zeit angeschafft hatte, wie er ihr erzählte, lag zu ihren Füßen und blinzelte zufrieden in die Sonne.

Sie versuchte abzulenken:„Haben Sie – entschuldige – hast du die beiden anderen Hunde nicht mehr. Was ist mit ihnen geschehen?"

„Einer von den beiden hatte Krebs und ich musste ihn von seinem Leiden erlösen. Kurze Zeit später starb der andere", erwiderte er, ein bisschen niedergeschlagen. „Aber nun habe ich Kurt, und ich denke, er ist hier glücklich. Hunde sind gute Freunde, aber leider muss man sich meistens von ihnen früher verabschieden, als sie sich von uns. Und das ist jedes Mal wieder recht schmerzlich."

„Ja, davon kann ich ein Lied singen", erwiderte sie, „jeder Abschied von einem geliebten Wesen, ob Mensch oder Tier, ist wie ein kleiner, vorweg genommener Tod. Aber auf diese Weise können wir schon einmal unseren eigenen Tod üben", versuchte sie, die etwas traurige Stimmung aufzufangen, die sich nun trotz der Sonne, dem üppigen Grün der Weiden, den zufrieden grasenden Pferden, zwischen ihnen breit gemacht hatte.

„Ich denke, ich muss jetzt wieder nach Hause", sagte sie, „ich habe heute am Nachmittag Unterricht zu geben und möchte mich noch ein bisschen ausruhen. Komm doch einmal zum Essen zu mir nach Hause. Ich werde meinen jüngsten Sohn und seine Frau einladen, so kannst du den anderen Teil meiner Familie kennen lernen. Du weißt ja sicher, wo ich wohne, oder?"

Er war einverstanden und sie setzten einen Abend in der darauf folgenden Woche fest.

Er öffnete die Tür ihres Autos, der Hund Kurt kam wedelnd bis zum Wagen und schaute ihr ein bisschen traurig nach.

Beim Verlassen des Hofgeländes warf sie noch einen Blick zurück und sah noch, wie er die leeren Gläser ins Haus trug. Er ging ein bisschen gebückt.

Sie dachte an die große, recht auffällige Narbe, die an seiner linken Stirnseite zu sehen war, die strahlend blauen Augen, die manchmal sehr nachdenklich blicken konnten.

4. Kapitel

Der Tag der Einladung zum Abendessen war gekommen. Sie hatte dieses Mal sehr viel Freude daran, das Essen zuzubereiten, das sie mit ihrem jüngsten Sohn und seiner Lebensgefährtin und ihrer neuen Bekanntschaft genießen wollte. Es gab Stifado, ein griechisches Gericht, das einmal einer ihrer englischen Freunde in Griechenland auf eine besonders leckere Art, kombiniert mit kleinen grünen Prinzessbohnen, kreiert hatte. Als Nachtisch gab es einen Karamellpudding auf spanische Art. Ein trockener spanischer Rotwein krönte die Mahlzeit und sorgte für die nötige angeregte Gelassenheit bei der Mahlzeit. Sogar der Reis war ihr dieses Mal recht gut gelungen, nicht aus dem Kochbeutel, wie sie ihn für sich selbst immer kochte, sondern auf echt libanesische Art, wie sie es von einer befreundeten Familie aus dem Libanon gelernt hatte.

Er erschien pünktlich. Für die kleine Schale mit den Blumen, die er als Gastgeschenk mitgebracht hatte, suchte er einen geeigneten Platz im Garten, wo er noch schnell eine Zigarette rauchte, bevor er zu den anderen in die kleine Küche kam.

Nachdem alle erst einmal gebührend die Kochkünste der Gastgeberin gelobt hatten, unterhielt man sich angeregt über Pferde. Die Lebensgefährtin ihres Sohnes war ebenfalls eine Liebhaberin dieser schönen Tiere, so konnten alle mit kleinen Erlebnissen im Umgang mit Pferden Gesprächsstoff liefern. Es wurde gelacht und gescherzt, man rief sich schöne Momente mit diesen besonderen Tieren in Erinnerung.

Er erwies sich als sehr angenehmer Gesprächspartner,

hörte gut zu, ging auf jeden ein, gab jedoch recht wenig von seinen eigenen Erfahrungen preis. Man erfuhr, dass er nun schon seit etwa zwanzig Jahren in dieser Gegend lebte, Pferde züchtete, hier eigentlich auch zugewandert sei und aus einem südlicheren Teil nahe der niederländischen Grenze stammte, wo noch ein Teil seiner Familie lebte.

Nach dem Essen wollte er sich in den Garten zurückziehen, um noch eine Zigarette zu rauchen. Da es schon dämmerte, setzte sie sich mit ihm in den Wintergarten, wo sie dann gemeinsam mit ihm rauchte, obwohl sie allein nie zu einer Zigarette griff. Daher gelang es ihr auch nicht, eine anzuzünden. Er zündete sie für sie an und überreichte sie ihr mit einer etwas affektierten Handbewegung, die sie jedoch nicht als unangenehm empfand.

Die anderen Gäste hatten sich verabschiedet, nachdem sie sich artig für das Essen und die angenehme Unterhaltung bedankt hatten.

Auch er verließ bald danach ihr Haus, gab noch dem Wunsch Ausdruck, sich einmal wieder zu treffen und verabschiedete sich mit einer sehr herzlichen Umarmung.

Sie räumte die Küche auf. Noch lange dachte sie über seine etwas gebückte Haltung, die Narbe auf seiner Stirn und über diese affektierte, doch zuvorkommende Handbewegung nach, mit der er ihr die angezündete Zigarette überreicht hatte. Einerseits gefiel ihr die Geste, andererseits erschien sie ihr zu unnatürlich, eingeübt, einen Zweck verfolgend. Auch die doppelte Umarmung – einen Wangenkuss auf beiden Seiten – war in dieser Region, in der distanzierte Zurückhaltung bevorzugt wurde, durchaus unüblich. Obwohl sie sich darüber freute, erschien es ihr doch aufgesetzt. Sie sehnte sich nach echter Herzlichkeit und Aufrichtigkeit.

Diese zwiespältigen Gefühle verfolgten sie noch, bis sie dann spät in der Nacht endlich eingeschlafen war.

Alpträume quälten sie – eine Menge Personen, die ihr aus dem katholischen Dorf ihrer Kinderzeit bekannt waren, umzingelten sie, drängten sie in einen undurchdringlichen Kreis aus hässlichen Gesichtern von Männern und Frauen, die sie anspuckten und immer wieder „warmer Bruder, warmer Bruder" raunten.

Schweißgebadet erwachte sie, suchte die Toilette auf und machte sich einen heißen Tee, blieb grübelnd einige Minuten am Küchentisch sitzen und versuchte dann erneut, Schlaf zu finden.

5. Kapitel

Einige Wochen waren ins Land gezogen, als sie ihm beim Einkaufen wieder begegnete.

Nachdem wieder diese herzliche Umarmung und die beiden Wangenküsse erfolgt waren – dieses Mal freute sie sich wirklich – erwiderte sie die Umarmung recht spontan, indem sie die Arme um seinen Hals schlang, doch sich erschrocken im nächsten Augenblick zurückzog.

„Ich habe gestern einen schönen Film im Fernsehen über Andalusien und über die Alhambra gesehen. Diese Gegend Spaniens muss faszinierend schön sein, und erst diese von den Mauren hinterlassenen Kulturschätze! Ich war begeistert!" ließ er sich vernehmen.

Er fuhr fort, von den geschichtlichen Ereignissen dieser Zeit in Spanien zu erzählen und sie wunderte sich, woher er diese detaillierten Kenntnisse besaß. Natürlich, diese Geschichte gehörte doch zum Allgemeinwissen, oder? Hier in dieser von der Landwirtschaft geprägten Region war es dennoch einigermaßen ungewöhnlich, einen Landwirt mit derart fundierten geschichtlichen Kenntnissen anzutreffen.

Ein wenig schämte sie sich über den Gedanken. Warum sollte sich ein Landwirt nicht für die Kultur Spaniens begeistern können?

„Im Herzen bist du ein Snob! Du solltest dich schämen!" schalt sie sich selbst.

Die beiden Menschen blieben noch ein wenig in der Sonne stehen, ohne auf die umstehenden Menschen zu achten, die eifrig ihre Konsumgüter in die Autos packten. Es war ihr erst jetzt aufgefallen, dass er ziemlich schmale Hände hatte, die gar nicht zu seinem kräftigen Körperbau zu passen schienen. Aus dem lose geknöpften Hemd sah sie sein etwas gelocktes Brusthaar. Auch die nackten Arme waren männlich behaart. Einen Augenblick lang pochte das Blut in ihren Adern und sie fürchtete, rot zu werden wie ein Teenager.

Andalusien, die Alhambra, das war auch schon lange einer ihrer Träume gewesen. Sie hatte oft Anzeigen von Gruppenreisen in der Zeitung gelesen, in der der ADAC, in dem sie Mitglied war, recht günstige Reisen durch Andalusien anbot. Doch Gruppenreisen waren ihr immer ein Gräuel gewesen. Da sie mit ihrem bereits verstorbenen Ex-Mann keine gemeinsame Ebene während einiger Urlaubsreisen gefunden hatte, hatte sie es vorgezogen, allein zu reisen, wenn sich ihr die Möglichkeit bot. Obwohl es zunächst ungewohnt war, ohne einen Begleiter oder eine Begleiterin durch die Welt zu tingeln, fand sie nach und nach Gefallen daran, sich ihre Reiseziele allein auszusuchen, unterwegs auf den Flughäfen die Menschen aus aller Herren Länder zu beobachten, in ihrem Urlaubsort manchmal nette Bekanntschaften zu schließen, die Unabhängigkeit und Freiheit zu genießen, die diese Art des Reisens vermittelt.

„Ja, Andalusien, dorthin wollte ich auch schon immer reisen. Ich liebe Spanien, die Menschen, die Mentalität, die Sprache, die Landschaft, das Essen, einfach alles!" beendete sie seine historischen Ausführungen. Sie erzählte von dem recht günstigen Angebot des ADAC in der Zeitung über eine einwöchige Reise ab Madrid nach Cordoba, Sevilla, drei Tage Aufenthalt in Granada mit Besichtigung der

Alhambra, zurück nach Madrid mit einem zweitägigen Zwischenstopp in Toledo.

„Hast du nicht Lust, mit mir zu reisen?" fragte sie spontan, ohne eine positive Antwort zu erwarten, doch im gleichen Augenblick erschrocken über ihr unüberlegtes Vorpreschen.

„O ja, sehr gern! Ich müsste nur rechtzeitig planen, damit jemand sich während meiner Abwesenheit um meine Tiere kümmern kann. Am besten wäre die erste Oktoberwoche, dann ist die Weidezeit beendet und die meisten Pferde sind von ihren Besitzern abgeholt worden!"

„Soll ich eben bei dir mit dem Angebot vorbeikommen? Ich werde Brötchen mitbringen, wir können gemeinsam frühstücken und anrufen, um Plätze reservieren zu lassen", schlug sie vor.

Er sagte begeistert zu und sie trafen sich bei ihm zu Hause.

Als sie ankam, stand er bereits an der Haustür. Der Hund Kurt kam freudig wedelnd auf sie zu.

„Willkommen in meiner Räuberhöhle!" strahlte er sie an und ging ihr voran in die kleine Küche.

Das mit zahlreichen Orchideen geschmückte Fenster gab den Blick auf das Hofgelände frei, auf dem Gänse, Hühner und Enten frei herumliefen. Auf der gegenüberliegenden Weide grasten einige Stuten mit ihren Fohlen. Kein Verkehrslärm, keine hastenden Menschen! Es war ein sehr schöner Platz.

„Die Orchideen blühen sehr schön!" versuchte sie, eine Unterhaltung einzuleiten.

„Oh, das ist alles „fake"! lachte er. Immerhin, das englische Wort klang milder als „künstlich"!

Sie hasste künstliche Blumen und war enttäuscht, sagte aber nichts. Künstliche Blumen passten nach ihrer Meinung überhaupt nicht in dieses Umfeld, in die frische Landluft, die friedlich daliegenden grünen Wiesen, den weiten Himmel, von dem auch heute wieder die Sonne strahlte.

Er machte Kaffee und bot ihr wieder mit dieser etwas affektierten Handbewegung eine Zigarette an, die er wieder für sie anzündete. Er hatte nicht vergessen, dass sie immer in die Zigarette pustete, statt den Rauch einzusaugen.

Nachdem sie Kaffee getrunken und gefrühstückt hatten, riefen sie bei der Reiseagentur an und buchten die Reise für Anfang Oktober. Da man sich erst im April befand, waren noch genug Plätze frei. Die Mindestteilnehmerzahl war 30.

Er bestand darauf, ein Doppelzimmer für beide zu buchen. „Das ist billiger!"

Sie war ein bisschen erstaunt, hatte nicht eingeplant, mit einem Mann, den sie noch nicht lange kannte, in einem Zimmer zu schlafen. Dennoch wagte sie nicht, zu widersprechen. Vielleicht würde er sie für altmodisch und antiquiert halten. Letztendlich wäre es ja auch tatsächlich billiger.

6. Kapitel

Von nun an erschien er öfter bei ihr, oder sie besuchte ihn spontan auf seinem Hof, man trank Kaffee zusammen, hatte immer Gesprächsstoff, man ging gemeinsam in die Stallungen, wo er ihr stolz seine Zuchtstuten präsentierte. Nebenbei züchtete er noch eine besonders kleine Hunderasse, die er dann über das Internet an interessierte Kunden – insbesondere Kundinnen – verkaufte. Die Hündin hatte gerade sechs Welpen geworfen, die in einem kleinen Raum in einer mit Stroh ausgelegten Kiste um ihre Mutter herumtollten. Sie waren wirklich bezaubernd anzusehen. Er nahm einen auf den Arm und streichelte ihn liebevoll.

„Sind die Hundeeltern immer in diesem Raum?" fragte sie.

„Ich kann sie leider nicht allein herumlaufen lassen, weil sie die Küken und Hühner jagen. So sind sie immer hier und freuen sich an ihrer Zweisamkeit. Manchmal gehe ich abends mit beiden eine Runde", antwortete er.

Sie war entsetzt, denn sie liebte Hunde in der Freiheit. Aber wenn man damit seinen Lebensunterhalt teilweise verdienen wollte, musste wohl die Freiheit der Tiere mehr oder weniger eingeschränkt werden. Dennoch war sie traurig und verließ einigermaßen betreten den Hof.

In den folgenden Wochen sahen sie sich häufiger. Manchmal erschien er einfach unangemeldet bei ihr zu Hause, umarmte sie auf seine herzliche Art, man trank Kaffee und rauchte einige Zigaretten zusammen. Als sie im September ihren Geburtstag hatte, schenkte er ihr eine sehr schöne rote Kaffeemaschine, weil ihre alte Maschine ständig leckte.

„Du hast ja schon meine Kaffeemarke gekauft – die „Krönung' von Jakobs", bemerkte er zufrieden.

„Ich versuche immer, meinen Gästen den Aufenthalt bei mir möglichst angenehm zu gestalten. Da ich selbst eigentlich nicht viel Kaffee trinke, habe ich eben diese Marke gewählt, die du magst".

Es war ihr peinlich, denn sie dachte immer mehr an ihn und freute sich auf seine Besuche. Er erzählte immer mehr von seiner Familie. Vor allem berichtete er immer ausführlicher von seiner Mutter, die zurzeit im zweiundachtzigsten Lebensjahr war und allein in seinem Heimatort lebte. Wie er ihr erzählte, war die Mutter an einen Rollstuhl gefesselt, versorgte sich jedoch weitgehend allein. Sein jüngerer Bruder, der einen Hof mit Milchwirtschaft ganz in der Nähe seiner Mutter betrieb, hatte zwei Kinder und war seit Jahren geschieden. Die Mutter schien sehr darunter zu leiden, dass dieser Bruder ständig wechselnde Frauenbekanntschaften hatte, mit denen sie keinen Kontakt haben wollte. Die jüngere Schwester – eine selbständige Heilpraktikerin – lebte ebenfalls in der Nähe der Mutter. Sie hatte früher einen Freund gehabt, der sie heiraten wollte. Doch kurz vor der Heirat hatte sich dieser Freund erhängt. Er litt unter Depressionen. Danach hatte seine Schwester sich dem weiblichen Geschlecht zugewandt und lange mit einer Freundin zusammen gelebt. Sie hatten gemeinsam ein Haus gebaut, doch die Freundin hatte sich ebenfalls von seiner Schwester getrennt und zurzeit lebte diese allein. Weder sein Bruder noch seine Schwester pflegten engen Kontakt zu der Mutter.

„Wie ist das möglich? Sie wohnen doch ganz in der Nähe, das ist doch eine sehr gute Voraussetzung für deine Mutter.

23

Sie kann die ganze Familie oft sehen", fragte sie ihn.

„Nun ja, du musst wissen, meine Mutter ist eine sehr schwierige Person. Sie will niemanden außer mir um sich haben. Wir ticken beide gleich, kennen alle unsere Reaktionen und Gefühlsregungen. Mit meiner Schwester versteht sie sich überhaupt nicht, auch mein Bruder mag nicht gern zu ihr gehen", erwiderte er hilflos. Er sah sie dabei an, versuchte wohl, ihre Gedanken zu erraten.

„Ich finde es schon seltsam, dass sie nur dich immer sehen will. Für dich sind es hin und zurück zu ihr doch jedes Mal mehr als hundert Kilometer Autofahrt, und außerdem bist du allein auf dem Hof, musst das Vieh füttern, alles in Ordnung halten. Bist du da nicht überfordert?"

Er ging nicht weiter darauf ein, und sie bohrte nicht weiter. Schließlich war er erwachsen, es war sein Leben, er musste wissen, wie er sich organisierte.

Doch immer mehr dachte sie über ihn nach. Sie wälzte Bücher über Homosexualität. Früher hatte sie sich nie für dieses Thema interessiert, hatte Homosexualität als traurig und abartig empfunden, eine Zivilisationskrankheit.

In ihrer Familie waren schon einige Homosexuelle Gäste gewesen, doch nie gab es eine nähere freundschaftliche Beziehung oder gar eine sexuelle Verbindung ihrer Söhne zu diesen Menschen. Sie wurden respektvoll behandelt, benahmen sich äußerst rücksichtsvoll und verschwanden wieder aus dem Leben ihrer Familie, ohne irgendwelche bleibenden Spuren zu hinterlassen. Man hörte nie wieder von ihnen, obgleich es in ihrer Familie Tradition war, Freundschaften über einen langen Zeitraum zu pflegen.

Doch dieser Mann, der in ihr Leben getreten war, als ihr Ehemann bereits verstorben war, ihre Kinder selbst in Beziehungen lebten und sie allein in ihrem Haus in dem kleinen Dorf an der Küste lebte, hatte sie in ihrem Innersten berührt. Er machte Komplimente, war sehr aufmerksam, sah männlich aus und hatte eine sehr angenehme Art, sich um sie zu kümmern, liebte Tiere wie sie, hatte sehr viele Interessen außerhalb seines Berufes. Außerdem setzte er sie durch sein fundiertes Wissen über geschichtliche Zusammenhänge, seine Aufgeschlossenheit für andere Länder und Kulturen in Erstaunen. Die meisten Menschen in dieser Gegend, in der sie einen großen Teil ihres Berufslebens verbracht hatte, waren sehr bodenständig, was sie einerseits bewunderte, aber andererseits auch nicht nachvollziehen konnte, weil daraus eine gewisse enge Weltsicht entstand, oft sogar Selbstgerechtigkeit und Intoleranz gegenüber Menschen aus anderen Kulturen.

Sie freute sich, mit ihm nach Andalusien zu fahren.

7. Kapitel

Um ihn näher kennen zu lernen, lud sie ihn noch einmal abends zu sich nach Hause ein. Sie hatte vorgeschlagen, griechische Kartoffeln und Fleisch zuzubereiten. Er nahm gern an.

Pünktlich gegen sieben Uhr abends stand er im Flur, überreichte ihr freudestrahlend eine wunderschön blühende lila Bougainvillea und umarmte sie wie immer mehrere Male sehr herzlich.

„Ein kleiner Gruß aus deiner afrikanischen Vergangenheit, ich hoffe, diese schöne Blume wird sich bei dir wohlfühlen."

Man begab sich ins Wohnzimmer, wo sie den Tisch gedeckt hatte. Die mit Thymian und Olivenöl gebratenen Kartoffeln rochen verführerisch. Er suchte einen Rotwein aus ihrem Vorrat dazu aus, zündete die Kerzen auf dem Tisch dazu an, öffnete die Flasche während sie das Essen aus der Küche holte. Es war schön, einen netten Gast zu bewirten. Sie fühlte sich sehr wohl.

„Dein Haus ist sehr gemütlich, ich komme sehr gern zu dir, und das Essen war hervorragend", ließ er sich vernehmen, als alle Schüsseln leer waren.

„Es freut mich, dass es dir geschmeckt hat. Ich koche gern, wenn ich Gäste habe, aber allein macht es mir keinen Spaß. Ich vermisse oft die Gesellschaft meiner Familie, obwohl ich mich mehr oder weniger daran gewöhnt habe, allein zu leben und mir der Vorteile auch durchaus bewusst bin. Ich muss keine Rücksicht nehmen, habe die Freiheit – außer meinen beruflichen Verpflichtungen – meinen Tageslauf zu gestalten. Wie oft habe ich mich nach ein bisschen mehr Freizeit gesehnt, als mich die familiären Verpflichtungen manchmal aufzufressen drohten!"

„Ich gehe nach draußen zum Rauchen", er ging nicht auf ihre lange Rede ein.

„Wir können hier drinnen rauchen, ich bringe eben das schmutzige Geschirr in die Küche. Ich kann ja morgen lüften, draußen ist es schon kalt, dunkel und ungemütlich", erwiderte sie.

Er zündete ihr eine Zigarette an, reichte sie ihr wieder mit seiner gewissen Handbewegung und lehnte sich befriedigt in den Sofakissen zurück.

„Ich muss dir noch etwas sagen", sagte er nach einer kurzen Pause des Schweigens, „du solltest es wissen, bevor wir gemeinsam verreisen. Ich bin HIV positiv!"

Eine etwas betretene Stille! Sie spürte, dass er sie aufmerksam gespannt musterte. Den kleinen Schock, der sie erfasste, nachdem er diesen traurigen Tatbestand freimütig bekannte, versuchte sie zu verbergen, indem sie die Tischdecke gerade zurrte. Zwei Jahre nach seiner Rückkehr aus Afrika war ihr Ex-Mann an dieser heimtückischen Krankheit auf sehr schmerzvolle Art gestorben. Dessen derzeitige Freundin hatte ihrem ältesten Sohn Fotos geschickt, die einen vormals recht gut aussehenden Mann mit einer von der Krankheit total zerfressenen Gesichtshälfte zeigten. Zwar gab es zurzeit in Afrika und auch in Europa Medikamente, die den Ausbruch der Krankheit hinauszögern konnten, doch eine gänzliche Heilung war immer noch unmöglich.

Nachdem sie sich wieder gefasst hatte, frage sie, indem sie seine Gesichtszüge zu ergründen versuchte: „Wie lange weißt du das schon?"

„Seit nunmehr drei Jahren", war die lapidare Antwort.

„Und was musst du dagegen tun?"

„Ich muss täglich nach dem Frühstück eine Anzahl bunter Pillen schlucken und alle drei Monate nach D. in die Onkologie zur Blutprobe und zur Nachuntersuchung".

Erneutes Schweigen.

Er schien sich etwas zu entspannen, ließ die Pantoffeln, die er bei ihr im Haus manchmal anzog, von den Füßen gleiten, streckte die Beine lang aus und zog genussvoll an seiner Gauloise.

„Ich habe Vertrauen zu dir und wäre dir dankbar, wenn du diese fatale Neuigkeit nicht im Dorf oder deinen Freunden erzählen würdest. Ich denke, es wäre nicht gut für mein Geschäft."

„Du weißt doch, dass ich mich gelegentlich als Lokaljournalistin betätige? Hast du das vergessen? Derartige Geschichten erhöhen die Auflage, besonders wenn ich veranlassen könnte, ein Foto von dir mit einer Schlagzeile auf der Titelseite zu veröffentlichen. Was denkst du über diese Idee? Und außerdem – deine Nachbarn haben doch Toleranz genug bewiesen, indem sie dich zu deinem Geburtstag mit deiner Lieblingsfarbe ehrten." Sie versuchte zu frotzeln, um ihre Hilflosigkeit zu überspielen.

Er lachte nicht, zog die Pantoffeln näher an sich heran und richtete sich wieder auf.

„Weißt du, ich versuche den Tatbestand zu verdrängen, doch mir grault jedes Mal, wenn ich allein nach D. fahren und dann noch eine Woche auf das Ergebnis der Blutuntersuchung warten muss. Es hängt über mir wie ein Damokles-Schwert."

Er erhob sich entschlossen.

„Meine Räuberhöhle wartet auf mich."

Sie erhob sich ebenfalls. Eine Welle von Mitleid durchflutete sie, die sie sogleich zu verdrängen suchte. Es war ihr sehr bewusst, dass dieser Mann kein Mitleid wollte.

„Wenn du willst, kann ich bei der nächsten Fahrt nach D. mitfahren, dann bist du nicht allein", schlug sie vor. Beim Hinausgehen sagte sie noch: „Gib mir rechtzeitig Bescheid, damit ich mich einrichten kann."

Er umarmte sie zum Abschied, ohne auf ihr Angebot einzugehen, stieg in sein Auto und fuhr davon.

Nachdenklich ging sie ins Haus zurück, brachte das Geschirr in die Küche, leerte den Aschenbecher – sie hatten in der kurzen Zeit zusammen 10 Zigaretten geraucht – und öffnete das Fenster im Wohnzimmer, um den Zigarettenrauch abziehen zu lassen. Allein rauchte sie nie.

Erneut quälte sie Schlaflosigkeit, umso mehr, als gerade Vollmond war, der ihr Schlafzimmer hell erleuchtete. Das Zimmer hatte nach Osten kein Gegenüber, so genoss sie es, ohne einengende Vorhänge zu schlafen, morgens den Sonnenaufgang oder das Spiel des Windes mit den Zweigen der großen Esche vor ihrem Schlafraumfenster zu beobachten und im Sommer den Weckrufen der zahlreichen Vögel in ihrem Garten zu lauschen.

Aids kann nur durch Körperflüssigkeit, d.h. durch Blut oder Sperma übertragen werden. Demnach gab es keine Ansteckungsgefahr, wenn er die Zigarette für sie anzündete und dabei an ihr sog, sie ihr dann mit dieser etwas affektierten Handbewegung überreichte und sie weiter daran sog.

„Warum denkst du nur an dich?" dachte sie in der mondhellen Nacht. „Wie mag er sich fühlen, mit dem Wissen um diese heimtückische Krankheit? Wie gelingt es ihm, seine Furcht vor der Außenwelt zu verbergen? Weiß es seine Mutter, wissen es seine Geschwister?"

Viele Fragen quälten sie, bevor sie gegen Morgen endlich einschlief.

Heute war ein neuer Tag. Er würde wiederkommen, sie würde ihn fragen..

Ab und an tauchte er vormittags überraschend bei ihr auf. Die neue Kaffeemaschine, die er ihr vor einiger Zeit geschenkt hatte, war leuchtend rot und gefiel ihr sehr gut. Doch da sie technisch vollkommen unbegabt war und die neue Maschine einige Besonderheiten aufwies, überließ sie es ihm, den Kaffee zuzubereiten und deckte inzwischen den Tisch für ein zweites Frühstück. Während der Kaffee durchlief, stand er meistens sinnend am Fenster und schaute in ihren verwilderten Garten hinaus. Sie sah auf seinen breiten männlichen Rücken und hätte ihn gern umarmt. Zwar hatte sie sich in den langen Jahren der Trennung von ihrem Ehemann, dem Abschied von den erwachsenen Söhnen, die ihr eigenes Leben führen mussten, an das Leben allein gewöhnt, doch es war schön, mit einem männlichen Partner gemeinsam eine Mahlzeit zu genießen, während der man sich angeregt unterhielt. An Gesprächsstoff mangelte es nie. Sie tauschten sich über die Erlebnisse der vergangenen Tage aus, die Beobachtungen, die sie mit gemeinsamen Bekannten machten, über ihre Ziele im Leben, ihre Träume, ihre Hoffnungen, ihre Visionen. Nach dem Essen rauchten sie eine oder zwei, manchmal auch drei Zigaretten zusammen. Dann stellte sie meistens mit Bedauern fest, dass er unruhig wurde, verstohlen zur Uhr blickte.

Dachte er an seine täglichen Verpflichtungen, an seine Tiere, seinen Hof in der Abgeschiedenheit der norddeutschen Einöde? Oder auch an seine Mutter, die ihn oft an seinen Heimatort abkommandierte, damit er Einkäufe erledigte, sie zu Bekannten begleitete oder sie einfach spazieren fahren musste, damit sie nicht in Depressionen verfiel?

Sie fragte sich manchmal, welche doch recht ungewöhnlichen Abhängigkeiten – außer normalen Mutter-Sohn-Gefühlen – zwischen ihm und der wohl ziemlich autoritären alten Dame bestanden, wagte aber nicht, ihn danach zu fragen, denn eigentlich ging es sie überhaupt nichts an.

8. Kapitel

Bevor wir nach Spanien fuhren, musste ich es ihr sagen, da wir gemeinsam in einem Doppelzimmer schlafen würden.

„Ich bin seit drei Jahren HIV-positiv!" Nun war es ausgesprochen, eigentlich gar nicht so schwer. Ich mochte sie, hatte Vertrauen zu ihr. Dennoch kamen mir Zweifel, nun, da es nicht mehr mein Geheimnis war. Würde sie mit Freundinnen darüber sprechen, sensationslustig wie die Menschen nun einmal sind? Mein Eingeständnis war nicht mehr rückgängig zu machen. Ich entspannte mich, es tat gut, mit jemandem über diesen ewigen Albdruck zu sprechen, mit dem ich nun einmal leben musste.

Ich streifte die Pantoffeln ab, die ich oft bei ihr anzog, und entspannte mich, zündete ihr eine Zigarette an, überreichte sie ihr und nahm mir dann ebenfalls eine. Trotz des Bemühens, ihren Schock zu überspielen, entging mir nicht die kleine Unsicherheit in ihrer Körperhaltung.

Sie richtete sich im Sessel auf und zurrte nervös an der Tischdecke, hatte sich jedoch sofort wieder gefangen und sagte frotzelnd, wie das manchmal so ihre Art war: „Ich werde es im Heimatblatt mit deinem Foto veröffentlichen. Du weißt doch, dass ich mich gelegentlich journalistisch betätige!"

War nicht in jedem noch so gut gemeintem Witz ein Körnchen Wahrheit? Hätte ich lieber schweigen sollen?

Mir war nicht zum Lachen zumute. Ich suchte nach meinen Pantoffeln, die unter den Tisch gerutscht waren.

„Meine Pferde erwarten mich bestimmt schon und scharren mit den Hufen. Pferde sind wundervolle Tiere."

Damit erhob ich mich. Drückte die Zigarette aus und begab mich zur Garderobe, um meine Jacke anzuziehen. Es war November. In ihrem Wohnzimmer war es gemütlich warm, zu Hause musste ich jetzt meinen Ofen anschmeißen. Sie war eine gute Gastgeberin, umsorgte mich, wenn ich bei ihr war. Mir gefiel diese Fürsorge.

9. Kapitel

Endlich hatte sie einen Parkplatz ergattert. Jemand in der langen Reihe der parkenden PKWs machte sich zum Abfahren bereit, die Rücklichter leuchteten auf und sie schaltete schnell den rechten Winker zum Einparken ein, bremste, damit, ihr keiner zuvorkam und ihr den Platz wegnahm. Um die Mittagszeit war es leichter, einen Parkplatz zu finden, weil viele Angestellte in dieser Beamtenstadt nach Hause zum Mittagessen fuhren. Das Gerangel um den Parkplatz in dieser mittelgroßen Kleinstadt, wo sie einmal in der Woche nachmittags bis abends gegen acht Uhr Latein-Sprachunterricht erteilte, machte ihr keinen Spaß. Daher suchte sie sich die Mittagszeit aus, zwei Stunden vor Unterrichtsbeginn, um nicht lange nach einem Parkplatz suchen zu müssen. Sie stellte den Motor ab, ging zur nächsten Parkuhr und zog einen Parkschein, den sie „gut sichtbar" – wie es die Vorschriften forderten – vor der Frontscheibe ihres PKWs anbrachte, ergriff ihre Büchertasche und schloss das Auto ab.

„Hallo!" ertönte plötzlich eine wohlbekannte Stimme hinter ihr, „was für ein schöner Zufall!"

Er strahlte sie mit seinen blauen Augen an und umarmte sie herzlich.

„Was machst du denn um diese Zeit hier?" Ihre Überraschung konnte größer nicht sein.

„Eine Behördenangelegenheit zwang mich, mich in dieses wunderschöne Beamtenstädtchen zu begeben." Um etwas gestelzte Formulierungen war er nie verlegen.

Einen Augenblick stutzte sie. „Aber jetzt wirst du niemanden antreffen, sie haben doch alle Mittagspause."

„Ich habe einen Termin", versicherte er ihr glaubhaft. Sein Wagen war einige Meter weiter in der gleichen Parkreihe wie ihrer geparkt. Sie erinnerte sich, dass sie ihm einmal erzählte, dass sie es immer so einrichtete, etwa zwei Stunden vor Unterrichtsbeginn in dieser Stadt zu sein, um ohne Stress einen Parkplatz zu bekommen.

„Hast du Zeit auf einen Kaffee?" fragte er, nachdem er sich bei ihr untergehakt hatte.

„Ja gerne, ich mache das sowieso immer vor dem Unterricht bei den Vietnamesen. Dort gibt es einen sehr guten Cappuccino und auch leckeres Eis."

„Warte einen Augenblick, ich muss noch kurz ein Telefongespräch erledigen."

Sie ging ein Stückchen voraus, während er telefonierte. Es war ein wunderschöner sonniger Tag Anfang Juli, die Cafés rund um den schönen Markplatz der Kleinstadt waren gefüllt mit sonnenhungrigen Einheimischen. Auch zahlreiche Touristen schlenderten über den Platz. Die Sommerferien standen vor der Tür.

„Da bin ich wieder!" Er hatte sie wieder eingeholt, nahm ihr die Büchertasche ab und ging neben ihr her.

Plötzlich tauchte noch ein anderer Mann neben ihm auf. „Das ist Willi", stellte er den Neuankömmling vor. Sie stellte er nicht vor. Wusste der Fremde von ihr? Sie stellte sich nicht vor. War dieses Treffen geplant?

Willi war groß und schlank, trug eine Brille und war kahlgeschoren, was zurzeit bei vielen Männern in Mode war. Wollten sie auf diese Weise den beginnenden Glatzenansatz verbergen? Willi musste ebenfalls zwischen 50 und 55 Jahren alt sein, also etwa gleichaltrig mit ihm.

„Wir gehen in ein Café ganz in der Nähe", bestimmte Letzterer etwas selbstherrlich, ohne sich vorher nach den Wünschen seiner Begleiter zu erkundigen, noch um deren Einverständnis zu bitten.

„Ich hoffe, ich störe nicht", versuchte sie einzuwenden, „ich gehe normalerweise dort drüben zum Vietnamesen."

Willi war ihr nicht sonderlich sympathisch.

„Nein, nein, bleib nur, du störst überhaupt nicht", drängte Willi. Er duzte sie ohne zu fragen. Bei manchen Menschen störte sie diese unkonventionelle Anrede nicht. Doch hier empfand sie die Anrede als plump und lästig. Sie fühlte sich nicht wohl, konnte sich des Gefühls nicht erwehren, dass dieses Treffen geplant war.

Weil sie nicht unhöflich sein wollte, ging sie mit beiden Männern über den Marktplatz. Sie trugen beide kurze Hosen. „Männerbeine sind nackt nicht immer schön", ging es ihr durch den Sinn.

Vor einem wenig einladenden Café, vor dem zwei Stühle und ein schmuckloser Tisch standen, blieben sie stehen. Willi besorgte noch einen dritten Stuhl.

Ihr gefiel der Platz überhaupt nicht, zumal hier nicht einmal die Sonne schien.

Willi bestellte eigenmächtig drei Kaffee und begann ungefragt aus seinem Leben zu erzählen. Er sei Krankenpfleger, arbeite in zwei verschiedenen Krankenhäusern in den Dialysestationen. Die armen Menschen, die manchmal schon seit Jahren auf eine neue Niere warteten, täten ihm leid, manchmal seien es noch sehr junge Menschen. Ja, er habe acht Jahre in Saudi-Arabien, in der Hauptstadt Riad, am Königshofe gearbeitet.

„Dann sprechen Sie sicher perfekt Arabisch?" fragte sie.

„Ja natürlich", kam die prompte Antwort, fast ein bisschen beleidigt. Wie konnte jemand seine Worte anzweifeln, entnahm sie dem Unterton in der Stimme. Sie bedauerte, dieser Sprache nicht mächtig zu sein, habe einmal zu Beginn ihres Studiums versucht, die Sprache zu erlernen, weil sie die Schrift fasziniert habe, es aber zu schwierig gefunden, zumal das Studium der anderen Sprachen schon recht aufwändig war und viel Zeit kostete.

Willi ließ sich noch darüber aus, dass es schwierig sei, sich nach einem langen Auslandsaufenthalt wieder in Deutschland einzugewöhnen. Dem konnte sie nur beipflichten. Sie erzählte von ihrem sechsjährigen Aufenthalt in Griechenland.

„Wie lange unterrichten Sie schon in dieser Stadt?" fragte Willi, ganz unvermittelt zum konventionellen „Sie" übergehend.

„Seit nunmehr fünf Jahren", erwiderte sie und war selbst

erstaunt, wie lange sie schon wieder in ihrem Land lebte.

Er hatte während des ganzen Gesprächs zwischen Willi und ihr kein Wort gesagt, außer sie ab und zu zu fragen, ob sie noch eine Zigarette wollte, die er ihr dann anzündete, sie ihr mit dieser etwas affektierten Handbewegung lächelnd überreichte, während Willi die Geste mit versteinertem Blick hinter seiner Brille verfolgte.

Nein, Willi war ihr nicht sympathisch und sie bereute, nicht ihrem Gefühl gehorcht zu haben, ihr Vietnamesen-Café mit der freundlichen Bedienung aufgesucht zu haben.

Ganz abrupt erhob sich Willi und zahlte seinen Kaffee. Hatte nicht er die drei Kaffee bestellt? Und jetzt bezahlte er nur seinen eigenen! Das war ja nicht gerade eine weltmännische Verhaltensweise, deren er sich so großmäulig gerühmt hatte!

Die beiden Männer küssten sich zum Abschied auf den Mund. Willi verabschiedete sich von ihr mit einem laschen Händedruck, der bei ihr ein unangenehmes Gefühl hinterließ.

Die Szene war für sie beinahe widerlich. Warum hatte sie sich auf dieses Treffen eingelassen? Sie beschloss, sich von ihm freizumachen.

Zum Glück gab es heute am Abend ein Abschiedsessen mit den Kollegen aus dem Institut. Das würde sie auf andere Gedanken bringen. Sie freute sich darauf. Auch Jörg, das naturwissenschaftliche Genie, würde teilnehmen. Er war so herrlich normal, dieser lange, hässliche Lulatsch, mit dem sie so gern herumalberte.

Sie erhob sich, zahlte ebenfalls ihren Kaffee selbst und verabschiedete sich von ihm etwas erleichtert, wieder allein zu sein. Ihre Gedanken wanderten zu ihren Schülern.

Er blieb noch allein im Café sitzen.

10. Kapitel

Ich hatte das Treffen hundertprozentig geplant. Den ganzen Weg bis in die Stadt war ich ihr nachgefahren, ohne dass sie mich bemerkt hatte. Auch die Verabredung mit Willi verlief nach Plan. Zwar versuchte sie, sich zu entschuldigen, weil sie ein bestimmtes Café am Platz bevorzugte, doch Willi gelang es mit seiner etwas dominanten Art, sie zu überzeugen, mit uns zusammen Kaffee zu trinken.

Er führte uns zu einem kleinen unscheinbaren Café, wo ein paar Stühle und ein wackliger Tisch auf dem Bürgersteig standen. Leider war hier keine Sonne. Ich sah ihrem Gesichtsausdruck an, dass sie sich nicht sehr wohlfühlte.

Willi riss sofort das Gespräch an sich, ich beschränkte mich aufs Zuhören und Beobachten. Es war mir ganz klar, dass Willi sich produzieren musste, mit seinen Arabischkenntnissen prahlte.

Sie war ebenfalls zunächst aufs Zuhören reduziert, nahm aber dann aktiv am Gespräch teil, als es um eine gewisse Zerrissenheit ging, wenn sich Menschen längere Zeit in zwei Kulturen aufgehalten und dann Anpassungsschwierigkeiten haben, wenn sie in ihr eigenes Land zurückkehren.

Ich bot ihr einige Male eine Zigarette an und zündete sie für sie an, da sie ja immer hineinpustete, statt an der Zigarette zu saugen, wenn sie angezündet war. Es war Willi nicht entgangen, dass dieser Vorgang zwischen ihr und mir eine Art Vertraulichkeit darstellte. Mir bereitete es — ich komme nicht umhin es zuzugeben - eine gewisse Genugtuung, dass mein Freund sich darüber ärgerte, ja, ich gehe sogar soweit zu behaupten, dass ich Eifersucht in seinem Gesicht erkennen konnte Er wurde unruhig, erhob sich dann auch ganz plötzlich, zahlte seinen Kaffee und verabschiedete sich. Wir küssten uns zum Abschied auf den Mund, ein Kuss, der für mich ja nicht im

Geringsten etwas Besonderes war, sie aber offensichtlich schockierte, denn sie zahlte dann auch ziemlich unvermittelt ihren Kaffee, nahm ihre Büchertasche an sich, die ich bei mir am Stuhl abgestellt hatte, und schritt über den Markplatz zu ihrem Institut, obwohl ich wusste, dass sie noch Zeit bis zum Unterrichtsbeginn hatte.

Trotz der Spannung, die während des Gesprächs ganz zweifelsohne zwischen uns geherrscht hatte, war ich doch ziemlich sicher, dass sie keinen Verdacht geschöpft hatte und glaubte, unser Treffen sei ein reiner Zufall gewesen.

Ich blieb noch ein wenig sitzen und überdachte die Situation. Es war mir gelungen, Willis Eifersucht zu wecken, denn die Begegnung mit seiner Ehefrau während seiner Geburtstagsfeier, bei der ich mir wie „zweite Wahl" vorkam, was mich bis heute tief kränkte, lag mir doch noch lange im Magen. Nun hatte ich meine Rache. Ich war auch mit einem weiblichen Wesen verbunden, das mich mochte und das mich akzeptierte. Rache ist ein süßes Gefühl, doch ich kam mir trotzdem besser vor als Wille, denn seine Frau wusste nichts von unserer sexuellen Verbindung, während ich offen zu ihr gewesen war und sie sogar über meine Krankheit informiert hatte.

11. Kapitel

Der Tag der Abreise nach Spanien rückte näher. Sie freute sich sehr darauf. Wenn sie Lust und Zeit hatte, fuhr sie die holprige Straße bis zu seinem Hof und sie tranken zusammen Kaffee und rauchten. Manchmal brachte sie Brötchen aus dem Dorf zu einem zweiten Frühstück mit.

Seine Küche war ein einziges Tohuwabohu: mehrere bis zum Rand gefüllte Aschenbecher verpesteten die Luft, ein überquellender Mülleimer, die gebrauchten, mit Kaffeesatz gefüllten Filtertüten waren wie ein Stillleben um die Kaffeemaschine herum angeordnet. Wahrscheinlich passten sie nicht mehr in den Mülleimer! Schmutziges Geschirr mit Essensresten stand auf dem Regal neben dem Geschirrspüler. Und aus all dem Chaos hob sich ein wunderschöner alter Schrank ab, der achtlos in einer Ecke abgestellt worden und über und über mit Staub bedeckt war.

„Das ist ein sehr schöner alter Schrank", bemerkte sie.

„Familienbesitz", erwiderte er stolz.

Sie verkniff sich die Bemerkung, dass dieses schöne Stück es verdiente, einmal abgestaubt zu werden und sagte nur: „Er steht ein bisschen verloren dort in der dunklen Ecke, findest du nicht?"

„Aber dass es ihn gibt, dass er überhaupt dort stehen darf, dieses Erbstück aus meiner Familie, das ist doch ein Privileg."

Das Gespräch wurde unterbrochen, als ein blauer,

ungepflegter PKW neben seinem auf dem Hof hielt. Er erhob sich: „Das ist Gerda, sie hat ein Pferd bei mir untergestellt. Sag bitte nichts von unserer Spanienreise."

Warum wollte er die Reise Bekannten gegenüber verheimlichen, ging es ihr durch den Sinn.

Gerda war eine ziemlich hochgewachsene Person um die vierzig. Sie trug Reithosen, hatte etwas wässrige, ausdruckslose helle Augen und vom Kopf bis zum Poansatz hing ein künstlicher schwarzer Zopf, der ihr wenn man nicht genauer hinsah – das Aussehen einer Indianer-Squaw verlieh. „Fake", dachte sie, etwas abfällig.

Gerda war sichtlich überrascht, ihn nicht allein anzutreffen. Man rückte auf dem Sofa ein wenig zur Seite und er stellte noch ein Gedeck für Gerda auf den Tisch. Die Sonne schien durch die falschen Orchideen in der Küche und malte Kringel auf die etwas verschmutzte Wachstuchdecke.

Das Gespräch drehte sich zunächst um Pferde, danach um Gerdas Schwierigkeiten, eine geeignete Wohnung in der Nähe von seinem Hof zu finden. Gerda erzählte, sie habe eine siebzehnjährige Tochter, die mit einem Freund zusammen lebte und ihr einige Probleme bereitete. Gerda selbst habe einen etwa 60jährigen Lebenskameraden, mit dem sie jedoch nicht zusammen leben wollte.

Sie beteiligte sich erst einmal nicht an der Unterhaltung, versuchte dann, auf eine leerstehende Wohnung im Nachbardorf hinzuweisen. Doch darauf ging Gerda nicht ein. Sie klagte über unfreundliche Vermieter und überhöhte Preise. Offensichtlich machte es ihr Spaß, sich vom Schicksal als benachteiligt darzustellen.

Nachdem sie noch eine letzte Zigarette geraucht hatten, verabschiedete sie sich, ließ Gerda mit ihm in der kleinen Küche zurück. Der schöne Berner Sennenhund Kurt hatte an der Türschwelle gelegen und gewartet. Das Tier sprang übermütig an ihm hoch, als sie auf die Schwelle traten und er sie bis zu ihrem Wagen an der Einfahrt begleitete. Als sie die Tür öffnete, sprang Kurt freudig in ihr Auto und erst nach einigen harten Worten seines Herrn kroch er mit eingezogenem Schwanz heraus, stellte sich gehorsam neben ihn, als er sie zum Abschied umarmte und sah ihr mit traurigen Augen nach. Dann schlug sie die Tür zu, stellte den Motor an und fuhr davon.

Im Rückspiegel sah sie noch, wie Gerdas Kopf mit dem falschen Indianerzopf zwischen den falschen Orchideen verschwand.

Sein Wagen und Gerdas PKW- beide hellblau und schmutzig – standen in schöner Eintracht vor dem Hauseingang. Warum ärgerte sie das? Es ging sie doch nichts an.

12. Kapitel

Bei ihrem nächsten „Frühstückstreff" bei ihr zu Hause, zu dem er eine blühende, dunkel-lila echte Orchidee mitgebracht hatte, fragte sie ihn, als wir dann schon unser Rührei mit Käse genossen hatten: „Warum hast du mir gleich bei einem unserer ersten Treffen gesagt, dass du homosexuell bist? Diese Intimitäten gehen doch niemanden etwas an. Ich kläre dich doch auch nicht über mein Sexualleben auf."

Er zögerte einen Augenblick, legte seine Gabel beiseite und lachte dann.

„Um Illusionen von vielen Frauen vorzubeugen. Viele Frauen verlieben sich in mich, weißt du!"

„Hm", machte sie nur, weil ihr dazu auf Anhieb nichts Vernünftiges einfiel, obwohl sie diese überzeugte Selbstverliebtheit einigermaßen verblüffte.

„Das ist ja äußerst rücksichtsvoll", erwiderte sie nach einigen Minuten des Nachdenkens, während sie einen Aschenbecher besorgte.

Sie wusste nicht, ob er die Ironie verstand oder einfach nicht wahrhaben wollte. Seine Selbstgefälligkeit gefiel ihr nicht. Glaubte er das wirklich oder wollte er damit nur seine Unsicherheit und Selbstzweifel überdecken? Oder war es seine Absicht, sein Gegenüber, also zurzeit sie, zu verunsichern oder eifersüchtig zu machen?

Bis heute fand sie keine Antwort darauf. Vielleicht liegt die Wahrheit, wie das oft der Fall ist, irgendwo dazwischen. Es war ihr auch klar, dass er sich auf Diskussionen über dieses Thema nicht einlassen würde, denn irgendwo versteckte er sein wahres Selbst.

Sie wechselte das Thema und sprach von seiner Mutter, die ihn einmal wieder arg bedrängte mit Anfällen von Depressionen und Klagen, sobald er sich nach mehrstündigem Aufenthalt bei ihr, nach ganztägigen Spazierfahrten und Besuchen bei anderen älteren Damen von ihr verabschieden wollte.

Was sollte sie dazu auch sagen? Warum erzählte er ihr alles so ausführlich? Sobald sie ihre ehrliche Meinung dazu sagte, und ihm riet, sich besser abzugrenzen trotz aller Liebe, die normalerweise jeder Mensch zu seiner Mutter empfindet, verteidigte er sie und wies auf ihre Gehbehinderung hin, oder hielt einen Vortrag über einen „Generationenvertrag".

Das klang alles sehr edel und selbstlos. Aber war es das auch? Gab es eventuell psychologische oder gar finanzielle Abhängigkeiten?

Sie wollte ihn nicht danach fragen, denn er würde sicher nicht wahrheitsgemäß antworten. Außerdem fühlte sie, dass sie auch kein Recht hatte, sich in dieses Familiengeheimnis einzumischen.

Wahrscheinlich wollte er nur reden, weil er keinen Ausweg aus dieser Situation sah, sie nicht ändern konnte oder letztendlich auch nicht ändern wollte. Doch dieses Thema ließ ihn wohl nicht los. Es tauchte immer wieder in ihren Unterhaltungen auf.

Sie wollte sich über das Phänomen der Homosexualität

informieren und schlug im Brockhaus nach. Sie fand folgende Erklärung:" . . . passive und rezeptive Wünsche spielen bei der Neigungshomosexualität eine gewisse Rolle in der sexuellen Praxis . . . und weiter las sie:

Die Ursachen der Homosexualität sind noch nicht restlos geklärt. Biologisch ist das Erkennen des artgleichen und andersgeschlechtlichen Sexualpartners überwiegend durch Anlagefaktoren gesichert. . . . Eine solche erbliche Ursache ist unter Umständen in Strukturen des Zentralnervensystems zu vermuten, wenn sich auch ein organisches Substrat für die homosexuelle Partnerwahl vorläufig nicht finden lässt. Wahrscheinlich ist ein ergänzender Einfluss von Umwelterfahrungen in der Kindheitsentwicklung. . . . . . Beim Menschen weisen neuere Beobachtungen (J .Bieber) auf den Einfluss der Mütter, die anklammernd, sexuell provozierend und zugleich tabuisierend sind. . . . . Außerdem soll der distanzierte oder ganz fehlende Vater als negative frühkindliche Erfahrung von Bedeutung sein. In psychoanalytischer Sicht liegt der Homosexualität eine invertierte, negative ödipale Einstellung zugrunde, d.h. eine Identifikation mit der Mutter und dem Wunsch, vom Vater geliebt zu werden oder ihn zu lieben wie die Mutter. Homosexuelle Männer haben meist intensive nichtsexuelle Beziehungen zu älteren Frauen . . . Die Dauerbeziehung ist ein häufiger Wunsch der Homosexuellen, der aber von Männern kaum, von Frauen nur vereinzelt verwirklicht wird. Es fehlen Ehe, Arbeitsteilung, Kinder u. a. als sozial bindende, Halt gebende Elemente. Häufiger Partnerwechsel, Eifersucht und eine Überbewertung des Sexuellen sind häufige Verhaltensweisen der Homosexuellen. Als Minderheit in einer heterosexuellen Gesellschaft sind sie zusätzlich belastet und Objekt von Vorurteilen und Diskriminierungen."

13. Kapitel

Meine Homosexualität musste ihr wohl einiges Kopfzerbrechen bereiten, denn neulich fragte sie mich, warum ich ihr diesen Tatbestand gleich bei einem unserer ersten Treffen eingestanden hatte. Es war ja tatsächlich so, dass ich eine große Wirkung auf Frauen ausübte. Die Gründe hierfür sind sicher sehr vielschichtig. Schließlich bin ich Junggeselle in den besten Jahren, sehe gut aus und interessiere mich für Menschen, seltsamerweise auch für Frauen jeden Alters. Nur für ihren Körper interessiere ich mich nicht. Es gibt da eine Sperre in meinem Denken, und ich weiß nicht, seit wann oder warum das so ist. Ich genieße die Nähe der Weiblichkeit, spüre jedoch gleichzeitig eine unüberwindliche Scheu, einen weiblichen Körper in meine sexuellen Wünsche einzubeziehen. Es gibt in unserer Gesellschaft genug frustrierte, vom Leben enttäuschte oder auch sexuell unbefriedigte Frauen. Ich glaube, sie sehr gut zu verstehen. Viele gestehen mir ihre Nöte und Sorgen und genießen es, wenn ich zuhöre und auf sie eingehe, sie aufbaue und ermutige.

Ich versuchte, es ihr zu erklären, und ihr zu verstehen geben, dass sie sich trotz der Sympathie, die ich für sie empfinde, keine Hoffnung auf eine nähere Beziehung machen sollte. Ich wusste genau, dass sie männlichen Schutz und männliche Nähe suchte und vermisste, aber zu stolz war es zuzugeben. Ich wäre nicht ehrlich zu mir selber, wenn ich nicht zugeben würde, dass es mir einige Genugtuung verschaffte, sie in meinem Netz zappeln zu sehen., Sie war klug genug – dessen bin ich mir sicher – dass sie auch diese meine Gedanken erraten hatte.

„Das ist sehr rücksichtsvoll von dir", hörte ich sie sagen, mit einem Unterton von Ironie und auch Verurteilung. Ich ging jedoch nicht näher darauf ein und. wir wechselten das Thema. Bald machte ich mich dann auch zum Aufbruch bereit, denn so ganz geheuer war mir dieses Thema nicht. Sie war zeitweise sehr hartnäckig mit ihren Fragen. Ich hatte jedoch nicht die Absicht, ihr meine häufigen inneren

48

Konflikte darzulegen oder mich auf tiefschürfende Diskussionen einzulassen.

14. Kapitel

An einem Mittwoch Ende August hatte er einen Untersuchungstermin im Krankenhaus in D. Sie erklärte sich bereit, ihn zu begleiten. Bei der Gelegenheit konnte sie seine Gegenwart länger genießen, sich entspannt zurücklehnen, wenn er fuhr, denn er fuhr sehr rücksichtsvoll und nicht aggressiv. Ihre Schüler und ihre täglichen Verpflichtungen konnte sie für einen Tag vergessen.

Natürlich wollte sie ihm auch eine Stütze sein bei dieser so unangenehmen Untersuchung.

Sie nahmen ihren Wagen, denn bei seinem war der TÜV schon lange abgelaufen. Mit diesen nun einmal notwendigen Übeln ging er äußerst leichtfertig und unbedacht um. Oder fehlten ihm die finanziellen Mittel, sollte die Mutter nicht von seinen wirtschaftlichen Schwierigkeiten erfahren?

Wie dem auch sei, sie ließ ihn natürlich fahren. Da er schon gegen 9 Uhr einen Termin hatte, stand er pünktlich gegen 6.30 Uhr vor der Tür und sie machten sich auf den Weg.

Ein schöner sonniger Tag zog herauf, doch der Herbst kündigte sich schon mit leichtem Morgennebel an. Das Laub der Bäume zeigte schon eine schwache Grüngelb-Färbung und die Sonne erschien nur zögernd hinter den Baumkronen. Der Berufsverkehr auf der Autobahn hatte noch nicht eingesetzt. So war die Fahrt bis zur nächsten Stadt relativ entspannt. Als Baustellenbehinderungen und Berufsverkehr zunahmen, waren sie gezwungen, im Schritttempo zu fahren.

In D. angekommen – er kannte sich dort sehr gut aus – suchte er einen Parkplatz auf dem Krankenhausgelände, begleitete sie in das Krankenhauscafé und bat sie zu warten. Er konnte die Zeit seiner Rückkehr nicht genau bestimmen.

Das Café war zu dieser Zeit noch recht leer. An der Theke bediente sie eine nette junge Frau mit osteuropäischem Aussehen und Akzent. Als sie sie nach ihrer Herkunft fragte, bestätigte diese ihre Vermutung. Sie kam aus der Ukraine, lebte jedoch schon seit einigen Jahren in Deutschland. Sie unterhielt sich eine Weile mit der sympathischen jungen Frau, dann nahm sie ihren Cappuccino und ihre Tageszeitung, suchte sich einen Platz am Fenster, von dem aus sie das Treiben auf dem Krankenhausgelände beobachten konnte und vertiefte sich in die aktuellen Tagesthemen.

Der griechische Ministerpräsident war mit seinem extravaganten Finanzminister auf der Titelseite zu sehen. Sie schienen sich köstlich zu amüsieren, wahrscheinlich machten sie sich augenzwinkernd – wie das so die Art der Griechen ist – über Schäuble lustig. Sie hielten sich gerade in Deutschland auf, um mit europäischer Hilfe ihre Finanzkrise zu bewältigen, um Geld zu bitten oder um Zahlungen hinauszuzögern.

Die politischen Themata lenkten ihre Gedanken von seiner Krankheit und von seiner Person ab. Deutschland war zum Zentrum vieler europäischer Probleme geworden. Osteuropäer, Menschen aus den Mittelmeerländern, Flüchtlinge aus Afghanistan, Syrien, Bootsflüchtlinge aus Afrika bevölkerten das wohlhabende Land in der Mitte Europas und versuchten, hier ihre Lebensqualität zu verbessern. Was war dagegen schon das Gesundheits- oder Beziehungsproblem von zwei einzelnen Menschen?

„Hallo, da bin ich wieder"! Er umarmte sie. Es hatte nicht lange gedauert. sie bestellten noch einmal Kaffee und zwei leckere Toasts und er erzählte von der routinemäßigen Unterredung bei der ihn betreuenden Ärztin.

„Ich habe der Ärztin ein Gedicht von Rainer Maria Rilke vorgetragen. Sie ist jedes Mal erstaunt über meine literarischen Kenntnisse, meine Selbstgewissheit und meine psychische Stärke."

Er war sichtlich erleichtert, obwohl er ja noch eine Woche Wartezeit zu überstehen hatte, bis das endgültige Ergebnis der Blutuntersuchung vorlag. Kein Jammern, keine Klagen! Überspielte er seine Ängste oder war es ganz einfach seine optimistische starke Natur, die keine Ängste zuließ?

„Hast du dich nicht gelangweilt?" fragte er, als sie sich zum Parkplatz begaben.

„Oh nein, ich habe ein nettes Gespräch mit der freundlichen Bedienung an der Theke geführt. Sie kommt aus der Ukraine", antwortete sie.

Die junge Frau nickte ihnen freundlich zu, als sie das Café verließen. Auf der Treppe nahm er sie bei der Hand. Diese fürsorgliche, beschützende Geste tat ihr sehr gut.

Sie hatte mir bereitwillig ihren PKW zu meiner nächsten Untersuchung in D. zur Verfügung gestellt und ich war froh, dass ich auf diese Weise die Polizei wegen meines schon längst abgelaufenen TÜVs nicht fürchten musste. Ich sollte wirklich sorgsamer mit diesen unangenehmen Vorschriften in meinem Land umgehen! Auch wollte ich meiner Mutter nicht schon wieder eingestehen müssen, dass ich den Termin zur fälligen TÜV-Untersuchung einmal wieder versäumt hatte. Außerdem war ich erleichtert, dass sie ihren Unterricht verlegt und erklärt hatte, mich nach D. begleiten zu wollen. Willi hatte jedes Mal andere Gründe mich nicht zu begleiten, was mich immer von Neuem traurig machte und mich an seiner Liebe zu mir zweifeln ließ.

Wir fuhren recht früh an einem etwas diesigen Morgen Ende August los. Der beginnende Herbst weckte immer wieder Endzeitgedanken in mir und die schönen Worte von Rilke „Herr, es ist Zeit" und weiter:. . „wer jetzt kein Haus hat, baut sich keines mehr. Wer jetzt allein ist, wird es lange bleiben, wird wachen, lesen, lange Briefe schreiben und wird in den Alleen hin und her unruhig wandern, wenn die Blätter treiben.", gingen mir nicht aus dem Sinn, denn mein Ende – obwohl ich den Gedanken daran immer wieder verdrängte – schwebte ja ebenfalls über mir wie das Fallbeil der Guillotine.

Ihre ruhige Gelassenheit und ihre Freude über die aufgehende Sonne, die ich in ihren entspannten Gesichtszügen wahrnahm, wenn ich sie einmal verstohlen von der Seite ansah - was nicht leicht war, bei dem immer stärker werdenden Berufsverkehr – gingen auf meine Psyche über und ich war froh, dass sie neben mir saß, genoss ihr Vertrauen.

In D. angekommen, suchte ich einen Parkplatz auf dem Krankenhausgelände und begleitete sie ins Café des Krankenhauses. Ich bat sie, nicht ungeduldig zu sein, da ich nie im Vorhinein wusste, wie lange die Untersuchung, die Blutentnahme und das anschließende Gespräch mit meiner Ärztin dauern würden.

Es verlief alles normal und schon nach kurzer Zeit konnten wir die Stadt wieder verlassen.
In O. bog ich von der Autobahn ab und suchte ein großes Blumencenter auf. Ich war sehr froh, dass sie mitgekommen war und durch unsere immer wieder anregenden Gespräche geholfen hatte, meine Gedanken von meiner eigenen Person abzulenken. Ich wusste, sie liebte Blumen

und es machte mir Freude, immer wieder schöne Orchideen oder andere blühenden Pflanzen für ihren Wintergarten mitzubringen.

„Such dir aus, was du möchtest!" forderte ich sie auf, als wir diese Welt voll üppig blühender Pflanzen betraten,, die ihren Duft verströmten, und deren Anblick allein schon Trübseligkeit vertreibt.

„Wirklich?" strahlte sie ungläubig und drückte mir einen Kuss auf die Wange.

Sie suchte einige Hortensien aus, zwei blassblaue und eine weiße, und als ich drängte, sie solle noch weitere aussuchen, wählte ich für sie noch eine Orchidee aus, meine Lieblingsblume.

Mit diesem Meer von Blumen bepackt, suchten wir das Auto auf dem riesigen Parkplatz vor dem Blumencenter und bevor wir einstiegen, umarmte sie mich noch einmal und küsste mich auf beide Wangen.

In der kleinen Stadt in der Nähe unseres Wohnortes lud sie mich zum Essen in ein recht konservatives und teures Restaurant ein. Wir aßen beide Pfifferlinge mit Wildgulasch und Klößen, schlenderten danach Hand in Hand durch die Fußgängerzone.

Es war für mich trotz des unangenehmen Anlasses ein sehr schöner Tag. Die Guillotine kann warten.

15. Kapitel

Ihr Geburtstag rückte näher. Schon wieder so eine hohe Zahl! Es sind ja nur Zahlen, versuchte sie sich zu trösten, von Menschen erfundene Rituale und alberne Zeiteinteilungen, die Orientierung geben sollen auf dem komplizierten Weg ins und aus dem Leben. Dennoch rufen diese Zeiteinteilungen die Vergänglichkeit des menschlichen Lebens, die Bedeutungslosigkeit des Individuums im Weltgeschehen ins Bewusstsein..

Um nicht in trübe Gedanken zu verfallen, zog sie eine alte Trainingshose und ein ehemaliges Unterhemd von ihrem Vater an und betätigte sich in ihrem Vorgarten, rupfte Unkraut und bepflanzte die Blumenkästen vor den Wohnzimmer- und Küchenfenstern mit lila blühender Erika. Dies war nicht ihre Lieblingsbeschäftigung, dennoch freute sie sich jedes Mal an dem Ergebnis. Außerdem half ihr die Tätigkeit an der frischen Luft, sich von ihrer eigenen vergänglichen Hülle, von ihrer aufkommenden Traurigkeit zu befreien.

Plötzlich hielt ein Auto vor dem Zaun, das Tor, das immer ein wenig klemmte, wurde aufgestoßen und sein freundlich-kindliches Gesicht erschien hinter einer dunkel-lila Orchidee. Er umarmte sie einige Male, wobei sein Bart ihre Wangen kitzelte, wünschte ihr alles Gute und übereichte ihr mit seinem ewig strahlenden Lächeln die schöne Blume, dazu eine Geburtstagskarte mit dem Bild eines aufgewühlten Meeres, unterschrieben mit:". . . dein schlechter Einfluss" und seinen Initialen. Ihren Freunden stellte sie ihn immer mit dem Zusatz vor: „Mein schlechter Einfluss", weil er sie zum Rauchen verleitete.

Nachdem sie ihre Hände von der Gartenerde befreit, ihre Schlamperhose etwas ausgeschüttelt hatte, deckte sie in der Küche den Tisch zum Frühstück und er bereitete wie immer den Kaffee zu. Die schöne Orchidee stellte sie mitten auf den Küchentisch, damit sie sich beide daran freuen konnten. Die kleine Party, die sie mit ihren Freunden und mit ihren Schülern aus dem Spanischunterricht geplant hatte, an dem er auch teilnahm, sollte nach ihrer Spanienreise stattfinden.

Nachdem er gegangen war, riefen ihre Söhne und einige Bekannte an, um ihr zu gratulieren. Am Nachmittag kamen wie gewöhnlich ihre Schüler, denn es war ein Tag wie jeder andere. Die lila Orchidee ließ sie heute noch in der Küche stehen, wo sie sich die meiste Zeit des Tages aufhielt.

Die große Esche vor ihrem Hauseingang, deren Wurzeln schon die schweren Steine der Treppe zum Garten zerstört hatten, warf immer als erste von den Bäumen im Garten ihre Blätter ab, während dies der letzte Baum war, dessen fächerförmige Blätter im Frühjahr erneut aus dem Winterschlaf hervor krochen. Es fiel ihr auf, dass es an der Zeit war, die großen Äste, die auf das Dach und über den Balkon herausragten absägen zu lassen, bevor die schweren Herbststürme Schaden anrichten konnten. Jeden Morgen musste der Zugang zum Haus vom Meer toter Blätter befreit werde, damit niemand bei Regen oder bei feuchtem Wetter darauf ausrutschen und sich verletzen konnte.

Obwohl sie diese Arbeiten hasste, weil es morgens schon immer kälter wurde, oft regnete oder nieselte und die Sonne – wenn überhaupt – immer später erschien, so versuchte sie doch sich einzureden, dass es gut für sie sei, auf diese Weise ihren Kreislauf in Schwung zu bringen. Beim Frühstück mit einigen Tassen heißem Tee fiel es ihr dann leichter, den

Tageslauf zu planen, die tägliche Routine in Angriff zu nehmen.

Die Vorfreude auf ihre gemeinsame Reise nach Andalusien beflügelte sie, ließ ihr Herz höher schlagen. Nur ab und zu dachte sie ein wenig besorgt daran, wie es ein würde, wenn sie abends nebeneinander im Bett liegen würden. Doch dann schob sie den Gedanken beiseite, wollte alles einfach auf sich zukommen lassen.

„Wie würde es sein, nicht mehr allein auf Flughäfen umher zu irren, nicht mehr allein das Gepäck hinter mir herziehen zu müssen, nicht mehr allein bei den Mahlzeiten zu sitzen, während um mich herum die Menschen sich angeregt unterhielten?" Sie konnte es sich fast nicht mehr vorstellen, in Begleitung zu reisen, sich auf nur einen Mitreisenden einzustellen.

Sie hatte sich schon so sehr an das Alleinsein gewöhnt, dass sie es inzwischen genoss, während der Mahlzeiten auf den Flughäfen oder in Hotels die Menschen um sich herum zu beobachten, zu erraten, aus welchem Land sie wohl kommen mochten, mit welcher Tätigkeit sie wohl ihren Lebensunterhalt verdienten, welche Sprache sie sprachen und welche Probleme sie wohl mit sich herumschleppten. Gesichter, Gang, Haltung verraten viel über einen Menschen. Manchmal ergaben sich unverbindliche Gespräche, doch immer öfter starrten die Reisenden auf ihre Mobiltelefone, zogen sich auf die Welt der Technik, der Zahlen zurück. War es Angst vor der persönlichen Kommunikation, Angst vor Nähe, Misstrauen gegenüber Fremden, Gleichgültigkeit gegenüber den Mitmenschen?

Diese Reise würde gänzlich anders verlaufen. Es war

geplant, zunächst mit dem Zug bis G. zu fahren, dort einen halben Tag und die Nacht bei ihrem ältesten Sohn zu verbringen, um sich am folgenden Morgen früh zum Flughafen nach Frankfurt zu begeben.

16. Abreise

Der Tag der Abreise war gekommen. Einmal wieder fuhr sie die holprige Straße zu seinem Hof, um ihn abzuholen. Der Hund war schon in der Scheune eingesperrt, die Gardinen der Küchenfenster waren bereits zugezogen.

Er hatte ganz offensichtlich schon auf sie gewartet und kam freudestrahlend mit seiner Reisetasche zu ihrem Wagen gerannt, umarmte sie stürmisch wie ein kleiner Junge, der endlich in die Freiheit entlassen wird, und es ging in den sonnigen Morgen hinaus, vorbei an den grünen Wiesen, auf denen noch einige Kuh- und Pferdeherden friedlich grasten, vorbei an den zahlreichen Windrädern, die man in den letzten Jahren in diesem stürmischen Landstrich hier zur Gewinnung alternativer Energie aufgestellt hatte.

„Warum bist du so aufgeregt wie ein Teenager beim ersten Rendezvous? Schalte deine sentimentale Taste aus, es bringt dir nur Leid und Schmerz!" schalt sie sich insgeheim.

Da riss er schon die Autotür auf und umarmte sie. „Wovor flieht er? Was treibt ihn?" schoss es ihr durch den Kopf. Sie umarmte ihn, genoss den kostbaren Augenblick seiner Nähe.

Nachdem ich Pferde, Hunde, Hühner und Gänse versorgt hatte, duschte ich sorgfältig, erledigte noch schnell das obligatorische Telefongespräch mit meiner Mutter, die Mühe hatte, mich gehen zu lassen und mir wie einem kleinen Kind noch unzählige Ratschläge mit auf den Weg gab, zog die Vorhänge in der Küche zu.

Als ich einen kurzen Blick aus dem Fenster warf, sah ich ihren Volvo schon über die Kanalbrücke in der Nähe meines Hauses. Noch ein schneller Blick auf Herdplatte, Kaffeemaschine, alle Lichtschalter aus, und ich stürmte hinaus. Was für ein Gefühl der Freiheit durchflutete mich! Die Neugier auf Spanien, auf Andalusien, auf sie, auf ihren ältesten Sohn, den ich kennen lernen würde, bevor wir nach Madrid fliegen! Das Leben ist schön! Die Zukunft kann warten.

Sie blickte mir in freudiger Erregung entgegen, und ich umarmte sie einige Male, bevor wir abfuhren.

Das Schicksal meinte es gut mit uns. Die Strahlen einer etwas fahlen Herbstsonne brachen sich Bahn durch den morgendlichen Dunst, der über den Wiesen lag. Ich warf noch einen kurzen Blick über mein Land, über die friedlich grasenden Tiere, bevor ich innerlich meine alltäglichen Sorgen abschaltete, mich öffnete für die Reise, für die Zukunft, auf die wir uns beide schon lange gefreut hatten.

Eine gemeinsame Reise mit dem Zug, genauer gesagt mit dem „Milchkannenexpress", wie die Bewohner dieser ländlichen norddeutschen Gegend den Regionalexpress spöttisch nennen, der sie über Hannover bis G. bringt. Ein sehr angenehmer Abend bei ihrem ältesten Sohn, der ein köstliches Abendessen zubereitet hat, das sie mit einem guten Wein und bei netten Gesprächen genießen. Er erweist sich als ein sehr angenehmer Gast, interessanter und interessierter Gesprächspartner. „Geschmeidig", nennt ihn ihr Sohn. Ist dieses Attribut nun negativ oder positiv gemeint, fragte sie sich am nächsten Morgen.

Am nächsten Tag Fahrt im ICE bis nach Frankfurt. Das Gewimmel der Menschen an diesem funktionalen, verwirrenden Flughafen macht sie immer aggressiv, und sie spürt auch bei ihm einige Irritationen und einen etwas verlorenen Blick. Dies ist nicht seine Welt.

Nach einem dreistündigen Flug mit Iberia, der spanischen Fluglinie, Landung in Barrajas., dem Ankunftsflughafen in Madrid. Es ist ein schönes Gefühl, mit einem Mann an ihrer Seite zu reisen, die Menschen am Flughafen gemeinsam zu beobachten, Gedanken auszutauschen.

Isabel, die spanische Reiseleiterin, empfängt die Reisenden am Flughafen. Sie warten mit ihr gemeinsam auf die übrigen Reiseteilnehmer, die mit einer Maschine aus Düsseldorf ankommen sollen. Eine vollkommen andere Atmosphäre an diesem spanischen Flughafen als in Frankfurt. Die Menschen sind laut und fröhlich, umarmen Neuankömmlinge herzlich und mit vielen Küssen und einem Wortschwall, während wir Deutschen etwas steif und fremd in einer Ecke stehen, das ungewöhnliche Spektakel beobachten und warten, bis alle anderen Mitreisenden angekommen sind.

Er trabt mit ihr gehorsam hinter Angel, unserem Busfahrer, und Isabel hinterher, die eine spanische Fahne schwenkt, damit sich sie Mitreisenden in dem Menschengewimmel nicht aus den Augen verlieren. Es hat ihr noch nie gefallen, hinter einer Menge her zu trotten, doch sie ist nicht mehr ganz allein; so ist es erträglicher. Sie sucht seine Hand, er ergreift sie bereitwillig und drückt sie.

Im bequemen Reisebus ergattern sie einen Platz ziemlich vorn, von wo aus sie die Landschaft auf sich einwirken lassen kann: karge, rotbraune Erde Kastiliens, endlose Reihen von gleichförmigen roten, dreistöckigen Mehrfamilienbacksteinbauten. Ist das noch Spanien, wie sie es aus ihrer Studentenzeit vor vielen Jahren in Erinnerung hat?

Es wird allmählich dunkel, als sie im Hotel in einem Madrider Vorort ankommen, einchecken, Koffer in die Zimmer, duschen, Begrüßungsgetränk, Abendessen, alles gut organisiert, alles verläuft nach Plan.

Zum Abendessen sitzen sie mit Doro – Kurzform von Dorothea, wie sie ihnen, Vertraulichkeit und Nähe suchend, erläutert – und Werner an einem Tisch. Ihr fällt ein, dass das griechische Wort „doro" Geschenk heißt. Doro ist etwa 45 Jahre alt, schlank, um nicht zu sagen dürr, lockiges dunkel Haar und schöne braune Augen, die etwas hilfesuchend in die Runde blicken. Werner, ihr Mann, etwa gleich alt, klein, drahtig, ein verschmitztes Zwinkern in den hellen blauen Augen, selbstsicher und kommunikativ.

Man tastet sich ab. In welche Schublade, welche soziale Klasse gehören die so zufällig zusammen gewürfelten Reisenden? Doro ist Grundschullehrerin. Werner Elektriker. Sie geben sich als Pferdezüchter aus, d.h. sie steckt sie etwas vorlaut in diese Schublade, um „pädagogische" Gespräche zu umgehen, denn es sieht ganz so aus, als wolle sich Doro über die lieben Kleinen unterhalten. Es entsteht eine kleine betretene Pause. Nun, über diese ungewöhnliche Beschäftigung lässt sich wohl nicht allzu viel zu einem angeregten Gespräch beisteuern. Bleiben wir beim Essen, beim Flug, beim Wetter, alles unverfänglich, nicht wahr?

Nach dem Abendessen wollen sie einen Ort mit „spanischer" Atmosphäre aufsuchen, doch in dieser öden Vorstadt finden sich nur Zweckgebäude, Büros, geschlossene Läden. Ein Hotel für Durchgangstouristen, wie sie es sind. Auch die Hotelbar lädt nicht unbedingt zum Verweilen ein.

Müde, genervt und ein bisschen enttäuscht suchen sie ihr Zimmer auf.

17. Kapitel

Seine Fürsorge beim Frühstück ist nicht zu übertreffen. Er besorgt ihr O-Saft, fragt sie nach ihren Wünschen und stellt sich in die Schlange zum Frühstücksbuffet, küsst ihr mit einer sehr galanten Verbeugung die Hand, bevor er ihr einen guten Appetit wünscht. Die Familie am Nebentisch blickt erstaunt auf. Sicher versucht man, sie irgendwie einzuordnen. Oder bildet sie sich das nur ein, weil dieser Handkuss auch sie ein wenig in Verlegenheit bringt? Wahrscheinlich hält man sie für frisch Verliebte.

Alcalá de Henares, Geburtsort von Cervantes, Fahrt durch die karge Mancha, Isabels Erläuterungen zur Landschaft und zur Geschichte Spaniens, Cordoba mit der berühmten Moschee, deren schlichte, erhabene Säulenschönheit durch bombastische, christliche Devotionalien beleidigt worden ist, das prächtige Sevilla, die eindrucksvolle Giralda – sie quälen sich inmitten zahlreicher Touristen durch die schmalen Gänge, mehr darauf bedacht, nicht zu eng mit all den Menschen in Berührung zu kommen, die ebenfalls schweißtriefend ihren Weg suchen, keine Blicke für diese Kirche erübrigen können, denn man muss aufpassen, dass man dem Vordermann nicht auf die Füße tritt. Vor dem Grab, in dem angeblich einige Knochen von Columbus ruhen sollen, verharren sie einige Minuten, Andacht und Ergriffenheit heuchelnd. Sevilla, una maravilla, was ist von dieser schönen Stadt geblieben? Schlangen von Touristen, die vor den Toiletten, vor den Restaurants auf leere Plätze warten!

Wie verlorene Puzzlestücke bleiben einige Bilder des schönen Andalusiens vor ihrem inneren Auge zurück. Sie beobachtet den schleppenden Gang der Mitreisenden, ihre ach so klugen Kommentare – es ist gut, dass er an ihrer Seite ist, so fühlt sie sich nicht ganz so allein in dieser Schar von besserwisserischen ehemaligen Pädagogen.

Ab und an sieht sie, wie er interessiert vor einem Detail stehen bleibt. In den wunderschönen Schlossgärten Sevillas lehnen sie sich einen Augenblick über ein Brückengeländer und betrachten ihre verzerrten Spiegelbilder im Wasser. Er hält sie fest an der Hand, wenn sie Treppen steigen müssen. Am Abend vor dem Schlafengehen bewundern sie vom Balkon des Hotelzimmers den wunderschönen Sternenhimmel Andalusiens und er erklärt ihr einige Sternbilder. Ein schöner Augenblick, der sich fest in ihr Gedächtnis eingeprägt hat.

Granada ist der absolute Höhepunkt der Reise. Hier bleiben sie drei Tage, besichtigen die prächtige Alhambra, machen abends einen Rundgang durch das ehemalige Maurenviertel, versuchen, auf dem holprigen mittelalterlichen Kopfsteinpflaster der engen Gassen dem Hundekot auszuweichen und genießen von einer kleinen Anhöhe aus den Blick auf die prachtvoll angestrahlte Alhambra.

Beim Flamenco-Abend in einem niedrigen, weiß gekalkten Kellergewölbe versuchen einige Zigeuner, durch leidenschaftliche Tänze und Gitarrenmusik das Publikum zu begeistern. Die verschlossenen ausdruckslosen Gesichter einer Reisegruppe von Asiaten, die dicht gedrängt wie Hühner auf einer Stange dem Spektakel verständnislos folgen und auch frühzeitig das Gewölbe verlassen, verstärken den Effekt des Fremdartigen, Deplazierten, wenig Authentischen

Das nächtliche Maurenviertel, vorbei an Hundekot, das Getrappel der Absätze der zahlreichen Touristen auf dem Kopfsteinpflaster! Sollte man sich hier siebenhundert Jahre zurückversetzt fühlen in die Zeit der maurischen Besetzung in Spanien?

Das Zimmer im Hotel „Los Angeles" ist geräumig, hat einen Balkon mit einem fantastischen Blick auf die verschneite Sierra Nevada, ein großes Badezimmer mit einer Wanne und einem Doppelbett.

Nach einem prickelnden Drink in der Hotelbar, und einem kleinen Flirt mit dem hübschen Barkeeper begeben sie sich nach diesem ereignisreichen Tag in ihr Zimmer – wie ein Ehepaar – geht es ihr durch den Sinn. Sie hat Herzklopfen wie ein Teenager, obwohl sie sich nur allzu gut der Tatsache bewusst bin, dass sie sich nicht berühren werden.

18. Kapitel

Sie reden nicht. Er raucht noch eine Zigarette auf dem Balkon. Nach einigen Minuten vernimmt sie seinen regelmäßigen Atem und sein Schnarchen, das er ihr vorsorglich angekündigt hat.

In der Nacht wird sie plötzlich geweckt. Ein Bein hat sich schwer auf ihren Körper gelegt
Erschrocken hält sie den Atem an. Sie kann das Ereignis nicht einschätzen – war es wohlüberlegt, passierte es unbewusst? Das Bein bleibt schwer und fordernd liegen. Er hat aufgehört zu schnarchen.

Entrüstet stößt sie das Bein mit aller Kraft weg von ihrem Körper. Das war nicht vereinbart. . Sie kämpft, stößt.

Schließlich zieht er sich keuchend und schwer atmend zurück, nach einigen Minuten signalisieren seine Schnarchlaute, dass er wieder eingeschlafen ist Wie soll sie damit am nächsten Tag umgehen? Sie kann nicht wieder einschlafen, ihre Zurückweisung tut ihr leid.

Noch einen gewissen Zeitraum lauschte sie seinen heftigen Schnarchlauten, vor denen er sie vor Antritt der Reise gewarnt hatte. Bis zum Morgengrauen, als das Licht der südlichen Sonne sich durch die spärlichen Ritzen zwischen den Gardinen einen Weg suchte und ab und an ihr Gesicht streifte, wälzte sie alle möglichen Gedanken in ihrem Kopf, die sie hinderten, wieder einzuschlafen.

Doch schließlich raffte sie sich auf, machte auf dem Balkon einige Dehnungs- und Streckübungen und versuchte, das Ereignis der vergangenen Nacht unter einer Wechseldusche zu verscheuchen.

Er lag auf den linken Arm gestützt, mit offenen Augen rauchend im Bett. Die Gardinen waren zurück gezogen, die Balkontür weit geöffnet und heftig prallte die Sonne Andalusiens in das Hotelzimmer.

Er sah ihr etwas unsicher entgegen, fragend – wie sie festzustellen glaubte. Einem plötzlichen Impuls folgend setzte sie sich auf seine Bettkante, umarmte ihn leicht und wünschte ihm einen guten Morgen. Er sagte nichts, bot ihr nur eine Zigarette an, zündete sie an. Sie akzeptierte, obwohl sie normalerweise vor dem Frühstück nicht rauchte. Sie rauchten schweigend. Dann begab er sich wortlos in die Dusche.

Sie setzte sich auf den schönen Balkon, zwischen das üppige Grün der Rankengewächse, die die äußeren Wände und die Gitter am Balkon bedeckten, und ließ den Blick zu der entfernten Sierra Nevada schweifen, deren verschneite Gipfel im Norden diesen schönen Flecken Erde malerisch begrenzen.

In diesem Augenblick war sie einfach nur froh und dankbar, dass das Schicksal sie zusammen geführt hatte. Sie verspürte einfach nur große Lust, ihn zu umarmen und ihm ihre Zuneigung zu zeigen, als er aus dem Badezimmer kam und zu ihr auf den Balkon trat. Ihre rohe Zurückweisung in der Nacht bereute sie zutiefst. Als sie die Arme um seinen Hals legte und sein Gesicht streichelte, erstarrte er. Seine blauen Augen wurden hat. Er sah auf sie herab.

„Ich kann nicht", presste er gequält resignierend hervor.

Sie wandte sich ab, erschrocken und beschämt. Warum sollte man das Thema zerreden? Sie wollte ihn doch nur umarmen!

„Komm, lass uns frühstücken!" schlug sie vor.

Er nahm ihre Hand, als sie den Frühstücksraum betraten, in dem schon der Rest der Reisegruppe versammelt war.

19. Kapitel

Als ich am ersten Morgen unserer „freien Tage" in Granada erwachte, lag die Nacht noch bleischwer in meinen Gliedern. Zwar war eine gewisse Anspannung von mir abgefallen, die sich durch die zahlreichen neuen Eindrücke der Reise, die ständige, unvermeidbare Gegenwart der fremden Mitreisenden ergab, doch ihre rohe Zurückweisung, ihre Tritte gegen meine Beine, gegen meinen Körper, drängten sich nach dem Erwachen beim grellen Licht der südlichen Sonne wieder in mein Bewusstsein.

Sicherlich hatte sie eine berechtigte Angst, mich in dieser Situation zu berühren. Was hatte ich mir eingebildet? Sie hatte mir sehr viel über ihr vorheriges Leben, ihre Ehe, über ihre mehrfachen Liebschaften anvertraut. Ich musste davon ausgehen, dass sie keineswegs prüde war. Doch die eklatante nächtliche Zurückweisung, nach all der Sympathie, die sie mir bekundete, konnte ich mir nicht erklären.

Ich lag noch rauchend im Bett, als sie sich frisch geduscht auf meine Bettkante setzte, mir einen leichten Kuss auf die Stirn drückte und mir einen guten Morgen wünschte. Wir rauchten wortlos eine Zigarette, sie lehnte nicht ab, obwohl mir bewusst ab, dass sie vor dem Frühstück nicht zu rauchen pflegte.

Die Zigarette war ihr nicht bekommen. Sie hatte keine Übung, hustete und setzte sich auf den Balkon, während ich das Bad benutzte und versuchte, die rohe Zurückweisung einzuordnen und aus ihrer Sicht zu sehen. Vielleicht war es ein Fehler, ein gemeinsames Zimmer zu buchen.

Ich nahm ihre Hand, Wir gingen gemeinsam zum Frühstück, wo die übrigen Reiseteilnehmer schon ihre Ausflüge für diesen Tag in die Umgebung Granadas planten.

Sie nahmen sich vor, die zwei freien Tage vor der Rückreise nach Madrid gemeinsam in Granada zu verbringen, während die übrigen Reiseteilnehmer Ausflüge in die Alpujarras und in die Sierra Nevada unternahmen. Sie sah den beiden Tagen mit Spannung entgegen. Eine ihrer Lieblingsbeschäftigungen beim Reisen bestand darin, die Atmosphäre einer fremden Umgebung, einer fremden Stadt, einer fremden Kultur in sich aufzunehmen und auf sich wirken zu lassen, die Menschen zu beobachten und mit einigen in der ihr so lieb gewordenen Landessprache zu sprechen, das fremde Essen zu genießen.

Die Nacht vor diesem Tag verlief sehr unruhig, In dem Viertel, in dem sich das Hotel „Los Angeles" befand, wurde nachts der Müll abgefahren, was einen erheblichen Lärmpegel verursachte. Mitte Oktober waren die Nächte in Spanien nicht mehr sehr warm. Es gelang ihr nicht, die zusätzliche Wolldecke aus dem oberen Fach des Kleiderschrankes zu holen. Sie fror entsetzlich und er war nicht da, war einfach wortlos verschwunden. Natürlich war er nicht gezwungen, sich abzumelden, sie waren beide freie Menschen, doch ihrer Ansicht nach bestand dennoch eine gewisse Loyalität dem Reisepartner gegenüber. Sie war wütend.

Als sie morgens gegen vier Uhr auf die Uhr schaute und sein Bett war immer noch leer, fühlte sie sich sehr einsam und im Stich gelassen, betrogen, und ließ ihren Tränen freien Lauf, sich notdürftig mit seiner Bettdecke wärmend. Sie verfluchte ihn und sich selbst, sich auf diese Reise eingelassen zu haben und schwor sich, ihn nach der Reise nicht wieder zu treffen.

Als er jedoch gegen fünf Uhr morgens vorsichtig die Tür

öffnete, versteckte sie ihr verweintes Gesicht im Kopfkissen, konnte jedoch einige Schluchzer nicht unterdrücken. Er trat an ihr Bett, streichelte ihr wortlos über das kurze Haar.

„Es ist schrecklich kalt, die Müllmänner haben die ganze Nacht einen fürchterlichen Krach gemacht, es war, als wäre der dritte Weltkrieg ausgebrochen und du warst nicht da. Ich kam nicht an das obere Fach im Schrank, um mir die Decke zu holen. Und du warst nicht da!"

Er nahm sie liebevoll in die Arme, streichelte ihren vor Empörung und Wut zitternden Rücken und deckte sie mit der zusätzlichen Wolldecke aus dem Kleiderschrank zu. Ein unangenehmer Alkoholgeruch streifte sie. Doch langsam vertrieb Erleichterung ihre Wut, sie deckte sich zu, kroch unter die Decke und schwor sich, den morgigen Tag ohne diesen Alkoholiker zu verbringen. Mit diesem Gedanken sank sie endlich in einen tiefen traumlosen Schlaf,

20. Kapitel

Sie frühstückten schweigend. Nach und nach leerte sich der Frühstücksraum. Die übrigen Reiseteilnehmer hatten sich vor dem Hotel versammelt und warteten auf den Reisebus, der sie ins Gebirge bringen sollte.

„Kannst du mir, bitte, deine und Isabels Handynummer auf mein Handy laden?" bat sie ihn.

Sie war überhaupt kein Freund von Handys, wollte nicht den ganzen Tag über erreichbar sein und nahm das Handy nur auf Reisen mit. Daher kannte sie auch nur die notwendigsten technischen Funktionen, gab sich auch keine Mühe, die Technik in allen Einzelheiten zu verstehen.

Er speicherte die gewünschten Nummern, gab ihr das Handy zurück und bot ihr eine Zigarette an. Inzwischen war der Bus mit den übrigen Reiseteilnehmern abgefahren. Sie rauchten schweigend.

Nach einer Weile nahm er ihre Hand. „Wollen wir gehen?"

Alle guten Vorätze, die sie in der Nacht gefasst hatte, waren verraucht. Sie blickten einander an und lächelten. Er nahm ihre Hand und drückte sie.

Sie war nicht nachtragend, wollte das Besten aus dieser Reise machen und genoss jetzt in vollen Zügen die Sonne Granadas, das Leben, den Augenblick.

In einer Churreria roch es verführerisch. Junge Leute, offensichtlich Studenten, saßen auf einem großen Platz auf den Treppenstufen eines Springbrunnens. Männer und

Frauen plauderten angeregt in dem riesigen Café, wo diese süßte spanische Spezialität mit dicker heißer Schokolade serviert wurde. Ein leichter Duft nach Marihuana lag in der Luft.

Sie fanden einen schattigen Platz auf der Terrasse des Cafés und sie bestellte eine Portion Churros, die sie so sehr liebte. Er beäugte die Fettkringel misstrauisch, doch ließ sich überzeugen, sie zu probieren.

„Hm, köstlich!" musste er zugeben.

Sie wusste, dass er Süßigkeiten über alles liebte und bestellte zwei weitere Portionen.

Versöhnt und zufrieden tunkten sie die Fettkringel in die dickflüssige köstliche Schokolade und beobachteten das Treiben auf dem Platz, zogen danach ziellos durch die Straßen Granadas, hier und da die Waren in den Schaufenstern beobachtend, ab und an die Statuen von Heiligen an Kirchenfassaden begutachtend, dem „Camino de Lorca" in der Alcaiceria", dem „barrio muselman", durchstreifend, den der Dichter Garcia Lorca täglich von seinem Elternhaus zur Universität von Granada entlangging, wo er Philosophie, Literatur und Recht studierte.

Er wurde gesprächig, erzählte plötzlich freimütig von seinem Freund Willi. Als dieser kürzlich zu seiner Frau nach Toronto in Kanada reiste, hatte er ihm einen „billigen" Schlüsselanhänger mitgebracht, worüber er sehr empört war. Sein Freund Willi sei geizig und kleinlich; er fühle sich oft von ihm gedemütigt und herabgesetzt. Weil er mit seiner Ausbildung als Krankenpfleger und mit seinen Reiseerfahrungen prahlte, ihm aber manchmal ein köstliches Essen zubereite, wenn er sich mit ihm in dessen Haus traf.

Sie zog aus einem Kleiderständer am Straßenrand eine kleine, recht günstige Halbschürze mit einem Kochlöffel als Dekoration hervor, zeigte sie ihm und konnte sich nicht enthalten, spöttisch zu bemerken: „Das wäre doch ein schönes Mitbringsel aus Spanien für deinen geliebten Willi-Koch, nicht wahr?"

Er antwortete nicht, blickte schweigend geradeaus. Sie bereute ihre Bemerkung.

In den Straßen Granadas wurde es langsam ruhiger – Zeit der spanischen Siesta. Sie schlenderten Hand in Hand zurück zum Hotel und nach zwei gemeinsam gerauchten Zigaretten auf dem wunderschönen Balkon ihres Hotelzimmers, der den Blick auf die Sierra Nevada mit dem verschneiten Gipfel des Mulhacen freigab, holten sie den in der Nacht versäumten Schlaf nach. Schon nach einigen Minuten hörte sie sein regelmäßiges Schnarchen und ließ sich ebenfalls in einen erholsamen Nachmittagsschlaf fallen.

21. Kapitel

Nach dem Abendessen, das mit den übrigen Reisenden im Hotel eingenommen wurde und während dem von den Alpujarras erzählt wurde, den gewundenen engen Straßen, den gefährlichen Abhängen und den Fahrkünsten des zuverlässigen spanischen Fahrers Angel in diesem Gebiet, in das sich zur Zeit der Reconquista im ausgehenden 15. Jahrhundert die Mauren und Juden zurückgezogen hatten, um der Verfolgung durch die gefürchtete Inquisition zu entgehen, brauchten sie beide wieder Abstand von der Masse und suchten ein gemütliches Gartenlokal in der Nähe des Hotels auf.

Sie hatten „Las Titas" schon am Nachmittag für sich entdeckt, waren von dem freundlichen Personal und dem ruhigen schattigen Platz abseits vom Verkehrslärm begeistert.

Einige Drinks lösten die Zungen. Er erzählte weiter lebhaft von seinem Freund Willi. Zurzeit musste diese Freundschaft wohl für ihn ein ernsthaftes Problem darstellen.

„Weiß Willis Frau Bescheid über deine Liaison mit ihm?"

„Was denkst du dir? Das ist unmöglich!" empörte er sich.

„Und wie findest du das, diese Unaufrichtigkeit zwischen Partnern?" wagte sie zu fragen.

„Bei manchen Problemen hat die Realität, oder die Wahrheit, wie du es vielleicht nennen würdest, keinen Platz!" entgegnete er bestimmt.

„Und deine Mutter, ist ihr deine Homosexualität, dein Gesundheitszustand bekannt?" bohrte sie weiter.

„Die Wahrheit würde meine Mutter umbringen. Ich könnte es ihr nie eingestehen", war seine prompte Antwort.

Sie schwieg betreten einen Augenblick und überlegte, wie sie wohl selbst mit einem derartigen Problem umgehen würde.

„Was ist das für eine seltsame Beziehung zwischen dir und deiner Mutter? Ich denke, dass ich derartige Heimlichkeiten bei meinen Söhnen entdecken würde. Ich würde es auch wissen wollen, zumal es immer leichter ist, ein Problem oder eine schwierige Situation in der Familie gemeinsam zu ertragen, als die sogenannte Mutterliebe oder Sohnesliebe auf einer Lüge aufzubauen", wagte sie einzuwerfen.

„Das wirst du nicht verstehen. Meine Mutter hat immer bis heute für den äußeren Schein gelebt. Im Hause und im Garten muss penible Ordnung herrschen, damit die Nachbarn nichts zu reden haben. Folglich dürfen auch auf das Familienleben keine Schatten fallen. Wir gelten als eine sogenannte anständige Familie. Ordnung nach außen und nach innen, wenigstens in der Theorie. Es würde meine Mutter umbringen, wenn sie über meine HIV-Infektion Bescheid wüsste. Auch meine Geschwister wissen darüber nichts. Glaub mir, es ist besser so, für uns alle. Mein Privatleben ist meine ureigenste Sache."

Er hatte sich regelrecht in Rage geredet.

„Das werde ich nie verstehen. Zwar weiß ich auch, dass meine Söhne nicht alle Einzelheiten ihres Privatlebens vor mir ausbreiten, aber so wichtige Dinge wie Gesundheit und psychisches Wohlbefinden – ich denke doch, dass ich das mitbekommen würde, wenn auf diesem Gebiet etwas nicht stimmen würde. Ich höre es gewissermaßen an den Stimmen meiner Kinder, wenn wir telefonieren. Sie können mich in dieser Hinsicht nicht täuschen. Die Freunde meiner Kinder, ganz gleich aus welchem Umfeld sie kamen, waren und sind mir immer willkommen".

Er hörte zu. „Bei uns ist es eben anders. Nicht alle Menschen ticken wie du! Und jetzt lass mich mit dem Thema in Ruhe. Meine Mutter darf nichts über meinen Zustand erfahren, hörst du?" Er war sichtlich wütend geworden.

Sie schwieg. Es ging sie im Grunde ja auch nichts an. Dennoch ließen ihr die Gedanken an seine Situation keine Ruhe. Wie konnte er auf diese Art leben? Er musste es gut einstudiert haben, sich immer zu verstellen, zumal noch nicht viel Zeit vergangen war, dass Homosexualität hier nicht mehr als kriminell und verwerflich galt. Wenigstens dem Gesetz nach waren Homosexuelle in diesem Land gleichberechtigt und durften offiziell nicht diskriminiert werden. Doch wie sah es in den Köpfen der Menschen aus?

In Gedanken verloren traten sie spät in der Nacht den Weg zum Hotel an. Morgen würden sie nach Madrid zurückreisen.

22. Kapitel

Der Alltag holte sie schnell wieder ein und forderte auf unverschämte Weise seine Rechte.

Flug nach Deutschland, Ankunft bei strömendem Regen auf dem hektischen Frankfurter Flughafen, tägliche Routine in der norddeutschen Heimat, so sich das Jahr schon dem Ende zuneigte, die Tage kürzer wurden, morgendliche und abendliche Nebelschwaden die Sicht wegnehmen — das alles trug dazu bei, dass die Sonne Andalusiens, das vorübergehende Gefühl der Zweisamkeit, die Vertrautheit langer Gespräche, die gemeinsamen Zigarettenpausen, das sich Herantasten an die Persönlichkeit des Gefährten bald nur noch als Fetzen in der Erinnerung hängen.

Es vergingen Wochen, ehe er wieder von sich hören ließ. Sie lud Freunde und Bekannte aus Anlass ihres Geburtstages zu sich nach Hause ein. Er erwies sich als flexibler und charmanter Unterhalter, verteilte eifrig Komplimente an die Damenwelt. Sie bemerkte es nicht ohne einen kleinen eifersüchtigen Stich in der Herzgegend. Er war umringt von ihren Freundinnen, verstand es, Zuwendung und Interesse auszustrahlen, ohne auch nur das Geringste von sich selbst preiszugeben.

Sie kümmerte sich um ihre Gäste, richtete bisweilen das Wort an ihn. Er half ihr wie eine Art Hausherr, die Menschen in Gespräche zu verwickeln, mit der einen oder anderen ihrer Freundinnen im Garten die Zeit einer Zigarettenlänge zu verbringen. Nichts deutete darauf hin, dass es zwischen ihm und ihr auch nur die geringste Verstimmung während der Spanienreise gegeben hatte.

Die Tage wurden kürzer nach dieser kleinen Gartenparty, das Wetter ungemütlicher. Man traf sich zeitweise plaudernd bei ihr zu Hause auf ein Glas Rotwein, griechische Kartoffeln, oder ein Stück französischen Käse. Er erzählte von den Schwierigkeiten des Winters in den etwas verwahrlosten Pferdeboxen, in denen oft die Tränken einfroren. Einmal hatte der Sturm ein Stück vom Dach weggerissen, das er mit Hilfe von Freunden notdürftig reparieren lassen musste. Er nannte seine Arbeit immer „den täglichen Wahnsinn".

Und immer wieder Fahrten zu seiner Mutter, von denen er nicht selten frustriert zurückkam. Die alte Dame machte mit ihm alle möglichen Einkäufe, ging mit ihm zu Geburtstagen, bei denen er ihr den Kaffee einschenken und den Kuchen servieren musste, ließ sich spazieren fahren und machte ihm wohl oft genug bei seinem Fortgehen unbegründete Vorwürfe über ihr Alleinsein, obgleich es ihr schien, dass die alte Damen über einen großen Bekanntenkreis verfügte, einen recht abwechslungsreichen Tageslauf genoss.

„Du bist ihr Partnerersatz, mein lieber Freund", wagte sie einmal zu bemerken. Er widersprach nicht, beeilte sich festzustellen, dass seine Mutter die einzige Person in seinem Leben sei, die ihn wirklich verstehe, die ihn aufrichtig liebe, wie auch er ihr innig zugetan sei.

„Wir ticken gleich", wiederholte er mehrere Male. Sie widersprach nicht, nahm sich vor, dieses Thema mit ihm nicht mehr zur Sprache zu bringen.

In den folgenden Monaten schrieb er sich bei der Volkshochschule in ihren Kurs ein, um die spanische Sprache zu erlernen. Außer zu einem Ehepaar gehörenden Mann war er das einzige männliche Wesen inmitten von zehn weiteren weiblichen Kursteilnehmerinnen. Diese Situation als „Hahn im Korbe" schien ihm offensichtlich sehr zu behagen, zumal der Ehemann ein eher ruhiger Mensch war.

Zwar verfolgte er jede ihrer Bewegungen, ihrer Äußerungen, richtete seinen durchdringenden blauen Blick unablässig auf sie, doch spielte er im übrigen den Klassenclown, klopfte seiner Sitznachbarin gelegentlich auf die Oberschenkel, legte ihr den Arm auf die Schulter, begleitete seine eigenen Beiträge zum Unterrichtsgeschehen mit großartigen Gesten und übertriebenem Gelächter, in das die übrigen Teilnehmerinnen nur allzu willig einstimmten und beinahe vor Vergnügen kreischten. Sie hatte oft Mühe, das Unterrichtsprogramm wieder in die sachlichen Bahnen zu lenken und ärgerte sich nicht selten über sein extrovertiertes Geltungsbedürfnis.

Ihr Unmut verrauchte jedoch am Ende des Unterrichts, wenn er ihre schwere Büchertasche an sich nahm, ihr half, den Unterrichtsraum in Ordnung zu bringen, die Tür zu schließen, den Arm um ihre Hüfte legte und sie manchmal vor der Heimfahrt bei Wind und Regen unter dem Vordach der Eingangstür noch gemeinsam eine Zigarette rauchten, während sich die anderen entfernten.

Manchmal verabredeten sie sich zu einem Theater-, Kino- oder Opernbesuch. Sie genoss es sehr, bei den Opernvorstellungen mit ihm in der ersten oder zweiten Reihe zu sitzen, sich an den Händen haltend. Bei besonders schönen Arien drückte er manchmal ihre Hand und lächelte sie von der Seite an.

Ab und an kehrten sie nach den Vorstellung noch beim

Italiener in der Innenstadt ein, aßen eine kleine Pizza, nahmen einen Salat und ein Glas sizilianischen Rotwein zu sich, um dann anschließend in einer Kneipe eine Zigarette zu rauchen. Er trank wie üblich seinen Kaffee, sie einen Gin Tonic.

Sie hatten einen kleinen Tisch in einer Ecke der Kneipe, von dem aus man das Geschehen im Raum beobachten konnte. Benni, der gemütlich rundliche Barkeeper wechselte meistens noch ein paar nette Worte mit ihnen. Diese Abende waren jedes Mal ein Highlight für sie in den trüben Wintertagen, wenn sie den ganzen Nachmittag unterrichtet hatte und sich nach einem netten Gespräch sehnte.

Der Abschied nach diesen gemeinsam verbrachten Abenden gestaltete sich jedoch immer recht förmlich. Er umarmte sie wie immer mehrere Male, zog sich doch dann brüsk zurück, brachte sie zur Haustür. Sie blieb allein vor dem Tor stehen, bis die Rücklichter seines Wagens in der Dunkelheit verschwunden waren.

Vor dem Einschlafen sehnte sie sich manchmal nach einer zärtlichen Berührung seiner Hände, mit denen sie während der Theater- oder Kinovorstellungen, ohne jegliche Scheu, die Finger ineinander verhakt, dem Schauspiel auf der Bühne gefolgt waren, seine Hände, die sie behütend hielten, wenn sie gemeinsam Treppenstufen hinunter gingen.

Doch sie verscheuchte diese Gedanken, vertiefte sich in ihre Lektüre.

Wenn sie sich nicht trafen, telefonierten sie häufiger. Sie ertappte sich dabei, dass sie zuerst ihren Anrufbeantworter kontrollierte, wenn sie einmal längere Zeit nicht zu Hause war, hörte seine Nachricht einige Male ab, lauschte seiner männlichen Stimme.

Wütend über sich selbst rief sie sich dann sein provozierendes Verhalten während des Unterrichts, sein hemmungslosen Flirten mit seiner Nachbarin ins Gedächtnis. Obwohl ihr sehr wohl bewusst war, dass er sie damit aus ihrer kühlen Reserve locken wollte, dass seine Augen sie ständig verfolgten, ärgerte sie sich, grollte ihm, und wandte sich ihren täglichen Verrichtungen zu.

23. Kapitel

Die endlosen Festtage am Jahresende mit den obligatorischen Familientreffen standen vor der Tür. Sie freute sich jedes Jahr auf das Zusammentreffen mit ihren Söhnen. Für ihn bedeutete dieses Fest – wie er ihr eingestand – eine notwendige unangenehme Pflichterfüllung. War diese Behauptung die Wahrheit oder wollte er damit hervorheben, dass er – im Gegensatz zu seiner tief in Ritualen verankerten Mutter – sich mehr zu ihrer unkonventionellen Lebensweise hingezogen fühlte? Einmal sagte er ihr beim Abschiednehmen vor der Tür: „Jetzt muss ich mich wieder in die andere Welt begeben, meinen täglichen Wahnsinn."

Sie wusste, dass diese Aussage nur teilweise stimmte, denn er liebte sein Umfeld, sein Chaos, seine Tiere, die Menschen, die dort auf seinem Hof mit ihm zusammentrafen. Er brauchte dieses Umfeld, es war sein Leben, die Menschen, die dort ein- und ausgingen, waren das Publikum, dem er sich überlegen fühlen konnte, wo sein Hang zur Selbstdarstellung befriedigt wurde.

Doch welches war jeweils die Maske? Gab es eine Wahrheit, oder mehrere?

Nach den Festtagen am Jahresende erschien er unangemeldet mit einer lila Orchidee, um die obligatorischen Wünsche zum Jahresneubeginn zu überbringen.

Er erzählte von seiner Sylvesterfeier, die er mit Bleigießen, Feuerwerk und Grillen gemeinsam mit seinem Freund Willi und einer jungen Frau mit einem Kind, die öfter bei ihm putzte, verbracht hatte. Sie hatte er nicht eingeladen.

Bis zum Glockenläuten um Mitternacht hatte sie sich mit einer spannenden Lektüre abgelenkt. Ihren Kindern hatte sie verboten, sie um Mitternacht anzurufen, weil sie immer von einer tiefen Traurigkeit erfasst wurde, wenn sie die Stimmen der Söhne hörte, die so weit entfern waren. Es war besser, am nächsten Morgen – wenn alles vorbei war – mit ihnen entspannt plaudern zu können.

Und nun saß sie mit ihm in der Küche, trank Kaffee, versuchte, ihm eine erfundene Geschichte über ihren Sylvesterabend zu erzählen, damit er ihre Enttäuschung nicht wahrnahm.

24. Kapitel

Januar – helle Tage wechseln mit dunklen! Meistens ist die Welt in dieser Region Deutschlands jedoch grau, dunkel, ohne Sonne. Sie kennt aus ihrer Jugend noch die eiskalten Januartemperaturen, der Himmel von einem glasklaren Blau, vom Schnee glitzerndes Gras auf den Wiesen hinter ihrem Elternhaus, Eisblumen in wunderbaren Phantasiegebilden an den Fenstern der ungeheizten Räume. Der ständig fortschreitende Klimawandel auf der Erde ließ auch diese magischen Momente mitten im Winter verschwinden. Die Straßen sind jetzt regennass, die Menschen ziehen sich zurück in ihre Behausungen in Erwartung des Lichts, der Leben spendenden Sonne.

Er hatte im Sommer von langen, gemeinsam zu verbringenden Winterabenden mit intensiven Gesprächen gesprochen, erinnert sie sich. Doch er kommt nicht.

Sie zieht sich in ihre Arbeit zurück, vertieft sich in Bücher, die sie schon immer lesen wollte, wartet jedoch täglich auf einen Anruf, ein Zeichen von ihm, schilt sich selbst für dieses unnötige Warten. Warum hatte sie sich nur auf diese Illusion eingelassen?

Um der inneren und äußeren Trostlosigkeit zu entfliehen, bucht sie kurzerhand einen Flug nach Teneriffa. Ein anderes Umfeld, Sonne fröhliche Menschen – Abstand von ihm. Vielleicht wird dies zum Vergessen beitragen.

Der Flughafenzubringer ist pünktlich. Sie hatte ihn zwei Stunden früher als vorgesehen bestellt, weil auf den Straßen Verkehrschaos angesagt war. Ein plötzlich einsetzender

Eisregen am Tage des Abflugs hatte Schienen- und Straßenverkehr zum Erliegen gebracht. Wider Erwarten erreichten sie jedoch pünktlich den Düsseldorfer Flughafen. Das urplötzliche Wetter– und Verkehrschaos in Norddeutschland hatte sich mit einem Schlage kurz hinter Münster verzogen. Alle Flüge – auch ihrer nach Teneriffa – starteten wie vorgesehen.

20° Grad Wärme bei der Ankunft auf Teneriffa! Nach einem etwa vierstündigen Flug eine andere Welt!

Die Fahrer der Busse, die die Touristen zu den verschiedenen Orten der Insel bringen werden, stehen schwatzend und lachend in Grüppchen vor ihren Fahrzeugen. Worüber sie sich wohl so ausgezeichnet amüsieren? Über die bleichen, in ihre Wintermäntel gehüllten Nordländer, die – schwere Koffer ziehend – sich suchend nach ihren jeweiligen Transportmitteln umsehen?

Lachende Gesichter – fröhliche Menschen! Wie hatte sie diese Atmosphäre vermisst! Eine ältere Dame, etwas gehbehindert, versucht, ihren rauchenden Ehemann zum Einstieg in den Bus zu überreden. Er sucht die Nähe der schwatzenden Busfahrer und kümmert sich nicht um seine Frau, die sich vorn hinter dem Fahrersitz des Busses nach Puerto de la Cruz geklemmt hat und etwas hilflos auf die mediterrane Heiterkeit der jungen Männer am Gehsteig blickt, aus der sie ihren Ehemann herauszulocken versucht.

„Er wird schon rechtzeitig einsteigen", beruhigt sie die alte Dame. „Männer kehren immer zum gedeckten Tisch und zu gebügelter Wäsche zurück", versucht sie zu scherzen.

„Übrigens hängt unten aus ihrem Mantel Toilettenpapier heraus", wagt sie noch zu bemerken und hilft, das Papier zu entfernen. Die alte Dame ist sichtlich verlegen.

Das Ehepaar steigt eine Station vor Puerto de la Cruz aus. Er hilft seiner Frau etwas unwillig beim Aussteigen. Die Dame schaut sich noch einmal entschuldigend zu ihr um und verabschiedet sich mit einem freundlichen Kopfnicken. Kurz darauf ist das ältere Ehepaar am Eingang eines Nobelhotels verschwunden.

25. Kapitel

Ihr Hotel – das „Tope", was soviel heißt wie „Gipfel oder Höhepunkt" - liegt auf einer Anhöhe nahe der Küste. Von einer bestimmten Stelle ihres Balkons aus kann sie zwischen mehrstöckigen, hastig und phantasielos hochgezogenen Hotelbauten die unendliche Weite des Atlantiks unter einem azurblauen, wolkenlosen Himmel entdecken.

Sie fühlt sich wohl im „Tope". Der Name wurde wohl vor einigen Jahrzehnten ausgewählt, als der Massentourismus noch nicht den ursprünglichen Charme dieser schönen Insel und die letzten Reste der Guanchenkultur zerstört hatte.

Ein phantasievoller Fliesenbelag auf ihrem Balkon und im Badezimmer, ein schön geschwungenes Treppengeländer aus Olivenholz lassen auf vergangenen Glanz schließen, kontrastieren jedoch nicht immer in gelungener Weise mit dem grauen Teppichbelag im Zimmer und den weißen zweckmäßigen Plastikstühlen auf dem Balkon. Doch das Personal am Empfang und im Restaurant strahlt trotz der gebotenen Höflichkeit und Zurückhaltung dem Gast gegenüber noch die Wärme und wohltuende Herzlichkeit des spanischen Volkes aus.

Am nächsten Abend ruft er sie vereinbarungsgemäß im Hotel an. Sie ist froh und erleichtert, seine vertraute Stimme zu hören. Er berichtet von angenehmen und nicht so angenehmen kleinen Ereignissen aus seinem Leben, sie erzählt ihre Reiseerlebnisse, berichtet von den neuen Eindrücken.

Tagsüber erkundet sie die Stadt. Im Orchideengarten, den

Alexander von Humboldt einst hier anlegen ließ und in dem Agatha Christie schon geweilt hatte, trinkt sie einen Kaffee, sieht einem Surfwettbewerb am Strand zu, flirtet ab und an mit einem netten Kellner. Ein männlicher Einzelreisender, der sich Anschluss suchend am Strand an ihren Tisch setzt, versucht, mit ihr anzubändeln. Er ist etwa in ihrem Alter, Abenteuerlook mit breitem Sonnenhut und Sonnenbrille, die er nicht abnimmt. Doch seine Art, nur von sich zu reden, sein Ego vor ihr auszubreiten ohne gefragt worden zu sein, gefällt ihr nicht. Sie zahlt, verabschiedet sich und setzt ihren Weg in der Sonne am Strand fort, macht Fotos, setzt sich auf eine Mauer und beobachtet die Sonnenhungrigen, die vorübergehen.

Ein alter Bettler fällt ihr auf, der auf einer Steinbank an der Strandpromenade sitzt; die geöffnete Kappe neben seinem Sitz enthält einige kleine Münzen. Nachdem sie um Erlaubnis gefragt hat, nimmt sie neben ihm Platz und versucht ein Gespräch. Doch er ist dazu nicht bereit, schweigt höflich, doch bestimmt. Sie betrachtet sein zerfurchtes Gesicht, die traurigen, schwermütigen dunklen Augen, die aufgeschossene magere Gestalt – so hatte sie sich immer Don Quijote vorgestellt! Die Vorübergehenden werfen kurze fragende Blicke auf ihn und auf sie. Offensichtlich ist es ihre Gegenwart, die die Menschen daran hindert, Geld in seine Kappe zu werfen und sie entfernt sich, setzt sich auf eine andere Steinbank in der Nähe. Nach einer gewissen Zeit erscheint ein jüngerer Mann, setzt sich neben den Alten, redet mit ihm und „Don Quijote" – wie sie ihn bei sich nennt – leert seine Seitentasche im Schoß des jungen Mannes aus, mehrere Münzen und einige Scheine. Die Kappe mit den wenigen kleinen Münzen lässt er offen liegen. Der junge Mann verstaut seine Beute sorgfältig in seiner Hosentasche und entfernt sich befriedigt, die gleiche schlanke Gestalt des Alten, dessen schmales Gesicht mit den traurigen Augen, die einen gleichgültigen, hochmütigen Blick auf sie werfen. Hat er bemerkt, dass sie ihn beobachtet? Er verhält etwas den Schritt.

César Manrique hat - der Natur sehr einfühlsam angepasst – inmitten von Felsvorsprüngen und Palmen – eine Badelandschaft gestaltet. Sie genießt die phantasievolle architektonische Schönheit, findet dort ein unter Palmen verstecktes Lokal, in dem sie eine kleine Mahlzeit zu sich nimmt und genießt die bewundernden Blicke eines gut aussehenden Kochs hinter der Theke, der sie nicht aus den Augen lässt und ihr winkend nachblickt, als sie das Lokal verlässt.

An der Verkaufsmeile stören sie die gierigen Blicke der Verkäufer und Kunden. Sie findet dort nichts, kein Gesicht, das ihre Aufmerksamkeit erregen könnte,

Allabendlich findet in der Bar des „Tope" ein Unterhaltungsprogramm statt. Sie tanzt allein auf der Tanzfläche, liebt es, sich vom Rhythmus der spanischen Klänge forttragen zu lassen.
Der junge Gitarrenspieler verfolgt sie mit den Augen und lächelt ihr zu. Er lädt sie in der Pause zu einem Glas Gin Tonic ein, das sie an die Abende mit ihm nach den Theaterbesuchen erinnert. Das Interesse des jungen Spaniers tut ihr gut. Sie fühlt sich jung. Doch sie begibt sich – ein bisschen angetrunken – in ihr Zimmer und wartet auf seinen allabendlichen Anruf.

Einen Tag vor der Rückreise schlägt er ihr vor, sie am Bahnhof abzuholen und sie danach zum Essen einzuladen.

Der Zug kommt pünktlich in ihrer Heimatstadt an, sie sieht ihn schon auf dem Bahnsteig, er drückt sie an sich, ergreift ihren Koffer und eine ihrer Taschen, sie sieht seine strahlenden Augen. Ist sie angekommen? Ist sie zu Hause?

26. Kapitel

Sommer! Hoffnung auf Sonnentage! Einige wunderschöne Wochen im Frühling, den sie hier auf dem Lande immer besonders genießt. Sie beobachtet, wie neues Leben aus der Erde hervor sprießt, die Tage länger werden. Morgens wecken sie mit ihrem Gezwitscher die zahlreichen Vögel und fliegen ungeduldig vor ihrem Schlafzimmerfenster umher. Einige von ihnen hat sie im Winter gefüttert, andere – die Zugvögel – sind zurückgekommen und bevölkern wieder ihren Garten, die hohe Esche, die zahlreichen Birken, das Buschwerk in der hinteren Ecke des Gartens und das Efeu, das das kleine weiße Haus umrankt.

Langsam legt sich ein zartgrüner Schimmer über die Wiesen in der Umgebung des Dorfes und es dauert nicht mehr lange, dann werden schwarzbunte Kühe und Pferdeherden die Landschaft beleben. Eine frische Brise streift ihr Gesicht, wenn sie – ihren Gedanken nach- hängend – durch die Wiesenwege schlendert, auf dem Rückweg noch einen letzten Blick auf das graue Scheunendach in der Ferne werfend, das von einem Pappelhain umgeben sein Wohngebäude schützt.

Er hatte von einem schönen gemeinsamen Sommer geredet – „wie schön, dass der Zufall dich zu mir geführt hat", waren seine Worte - und sie hatte sich gefreut.

Doch sie versinkt erneut in ihre Arbeit, er in seine. Sie ist zufrieden, wenn ihre Schüler Erfolgsmeldungen von der Schule bringen und leidet mit ihnen, wenn die Noten nicht so zufriedenstellend ausgefallen sind. An manchen Wochenenden trifft sie ihren Sohn mit ihrer ältesten Enkelin, die inzwischen vier Jahre alt geworden ist. Das

Mädchen ist ihr ganzer Stolz mit der feuerroten Haarmähne – die Haarfarbe, die annähernd auch ihre eigene war in ihrer Jugend. Sie wartet auf seinen Anruf.

An einem Morgen gesteht er ihr beim gemeinsamen Frühstück, dass er gemeinsam mit seinem Freund Willi und dessen aus Kanada angereister Ehefrau Willis Geburtstag gefeiert hat. Die Frau lebe in Kanada und wisse nichts vom Doppelleben ihres Ehemannes.

Er hatte seinen Kopf in ihre Armbeuge gelegt und ihr schluchzend gestanden, wie fehl am Platz, wie gedemütigt er sich gefühlt habe.

Sie erstarrt. Fühlt er nicht, wie sehr sie leidet bei diesem Gefühlsausbruch? Warum kommt er ausgerechnet zu ihr mit diesem Geständnis?

„Das musst du wohl allein mit dir abmachen, da kann ich dir nicht helfen".

Sie schiebt schroff seinen Kopf weg, gießt ihm und sich einen neuen Kaffee ein. Er zündet sich und ihr eine weitere Gauloise an und reicht sie ihr mit dieser etwas gekünstelten Handbewegung, die ihr immer weniger gefällt.

Beide rauchen schweigend, Er blickt auf die Uhr, erhebt sich und nimmt seine Jacke, die er vorher über den Küchenstuhl gehängt hat. Sie begleitet ihn wie immer bis zu seinem Wagen, er umarmt sie wie immer. Sie sieht dem Wagen noch nach, bis er um die Biegung zu seinem Hof verschwunden ist.

27. Kapitel

Einige Wochen später.

Sie freut sich auf den wöchentlichen Unterricht in der Abendschule mit ihren Spanischschülern. Er nimmt auch in diesem Semester wieder daran teil, kommt immer als letzter, betritt strahlend und um Aufmerksamkeit heischend. den Klassenraum, sucht sich einen Platz zwischen den Frauen und fixiert sie mit seinem tiefen blauen Blick.

Doch heute hat er fahrige Bewegungen, sieht sie ständig mit einem fragenden, hilfesuchenden Blick an, wie ihr scheint. Dabei versucht er, seine Unruhe zu überspielen, indem er mit Albernheiten vom Unterrichtsgeschehen ablenkt. Seine innere Zerrissenheit schwappt wie eine Welle zu ihr hinüber.

Nach dem Unterricht und der gemeinsamen Zigarette vor dem Unterrichtsgebäude verabschiedet er sich brüsk. Nachdenklich fährt sie im Regen nach Hause.

Noch lange kann sie nicht einschlafen, zerbricht sich den Kopf über seine Unruhe.

Am nächsten Morgen ruft sie ihn an und lädt ihn zu einem Konzert ein. Er nimmt freudig an.

Am Abend holt er sie von ihrem Haus ab und sie fahren gemeinsam die wenigen Kilometer zum Nachbarort, wo das Konzert stattfinden soll. Er gesteht ihr, dass er dort normalerweise nicht gern hingeht, weil er vermeiden will, Nachbarn aus dem Ort zu treffen.

Warum eigentlich? Was befürchtet er?

Einige ihrer Bekannten aus dem Umland und aus der Stadt kommen ebenfalls häufig zu diesem alten Bauernhof, der in ein Kulturbegegnungszentrum umgebaut wurde und sich in der Umgebung zu einem bekannten und beliebten Treffpunkt für Musik- und Theaterdarbietungen entwickelt hat.

Sie treffen einige ihrer ehemaligen Kollegen aus der Stadt und sie stellt ihn in der Pause vor. Man plaudert ungezwungen, doch sie bemerkt seine Unruhe und seine Unzufriedenheit. Nach einigen höflichen Sätzen begibt er sich auf seinen Platz und blickt nachdenklich vor sich hin.

„Was ist los mit dir?" fragt sie ihn, als sie sich vor ihrer Haustür verabschieden wollen.

„Du kennst mich schon so gut, dass du meine Gemütszustände spürst, beginnt er zögernd, langsam die Asche von seiner Gauloise im Aschenbecher abstreifend.

„Nun, ich will es dir sagen. Vor zwei Tagen habe ich Willi in flagranti mit einem anderen Mann ertappt."

Warum ist sie nicht selbst darauf gekommen, dass auch homosexuelle Männer Liebeskummer haben können?

Sie schweigt betreten, drückt ihre Zigarette aus, die sie immer nur zur Hälfte geraucht hat.

Hat Willi ihn absichtlich gekränkt, weil er wusste, dass sein Geliebter häufig mit einer „Freundin", einer Frau, unterwegs war? Oder ist es die üblicher Praxis bei Homosexuellen, häufig den Geschlechtspartner zu wechseln?
Er hatte ihr einmal berichtet, dass sein Freund Willi

eifersüchtig auf sie sei. Hat er Willi absichtlich provoziert? Hat Wille sich gerächt? Hat er sie erneut benutzt, um Willi herauszufordern? Sie wird nie eine Antwort auf diese Fragen bekommen.

„Weißt du, mein Lieber", lässt sie sich nach einigem Schweigen vernehmen. „Ich habe oft genug in meinem Leben derartige Enttäuschungen überwinden müssen. Immer musste ich allein damit fertig werden."

Sofort bereut sie ihre scharfen Worte, hat Mitleid mit ihm. Doch Wut, beinahe Hassgefühle lassen sie nicht sachlich und unbeteiligt reagieren. Sie fühlt sich hintergangen, ausgenutzt, getäuscht.

War sie Mittel zum Zweck?

Sie triumphiert nicht. Eine tiefe Traurigkeit ergreift von ihr Besitz. Warum hat sie sich nur auf diese Beziehung eingelassen?

„Wirst du Willi wiedersehen?" fragt sie, nachdem sie ihre Tränen unterdrückt hat.

„Aber ja doch, aber der körperliche Kontakt ist aus und vorbei!"

28. Kapitel

Wieder und wieder peinigen sie Albträume aus ihrer Kinder- und Jugendzeit, in die sich Fetzen aus Ereignissen des Vortages mischen. Immer öfter beginnt sie den Tag mit quälenden Gedanken und Kopfschmerzen.

Im Kreis ihrer Spanischschüler wird die Idee geboren, eine gemeinsame Reise nach Barcelona zu planen. War er es, der diesen Vorschlag gemacht hatte?

Aus der Idee wird Planung, aus der Planung wird Wirklichkeit. Außer ihr und ihm sind noch zwei Schülerinnen von der Idee begeistert. Beide Frauen hatten ganz plötzlich ihre Ehemänner durch unvorhergesehenen Tod verloren und freuen sich darauf, die traurigen Erlebnisse durch neue Eindrücke zu überdecken.

Einige Tage vor der Abreise gibt es - wie bei der Abreise nach Andalusien – Komplikationen mit seiner Mutter. Gesundheitsprobleme? Verlustängste? Plötzliche depressive Befindlichkeiten? Finanzielles Debakel?

Letztendlich sitzen doch alle im Flughafenzubringer nach Hamburg. Eine der Frauen hat leckere Kleinigkeiten und eine Flasche Sekt für eine Pause während der Autofahrt vorbereitet.

Alle genießen die Vorfreude, das noch recht schöne Herbstwetter und laden den Fahrer zum Imbiss ein.

Sie erinnert sich gern an diese schönen Augenblicke, betrachtet hin und wieder das Foto, das sie von allen während der Imbisspause aufgenommen hat und auf dem die gelöste Stimmung sich auf den Gesichtern widerspiegelt. Er fühlt sich sichtlich wohl als Hahn im Korbe seiner Bewunderinnen, sie lehnt sich an seine Schulter und blickt glücklich zu ihm auf.

Es ist schön, an seinem Arm über die Ramblas zu schlendern, sich einen Weg durch die Menschenmenge zu bahnen, frisch gepresste Säfte und Tapas in der riesigen Markthalle von Barcelona, der Boccheria, zu genießen. Mit ihrem verstorbenen Mann war dieses Glücksgefühl während Urlaubsreisen nie aufgekommen.

Die beiden Frauen besuchen verschiedene Museen und bilden sich. Abends sitzt man noch bei sommerlichen Temperaturen bei einem Glas Sangria auf den Ramblas, erzählt sich lachend die Ereignisse des Tages und lässt die Menge an sich vorüber gleiten. Sie ist glücklich. Auch die beiden Frauen scheinen wohl vorübergehend ihren Verlust zu vergessen und sie freut sich mit ihnen.

Am nächsten Reisetag, dem 12. Oktober, ist spanischer Nationalfeiertag, der Tag der Entdeckung Amerikas.. Die Stadt ist überfüllt. Es ist noch schwieriger als am Vortage, sich einen Weg durch die Menge zu bahnen. Doch er geleitet sie sicher und sie hängt sich vertrauensvoll an seinen Arm.

Zunächst müssen sie eine Apotheke aufsuchen, denn sein Gebiss ist locker und er muss Haftcreme kaufen, damit er es nicht ständig festhalten muss.

Schließlich finden sie ein sehr schönes, elegantes Café in der Nähe der Plaza de Espana, dem überfüllten Zentrum der Stadt. Doch von der Dachterrasse des Cafés haben sie einen wunderschönen Blick auf den Platz, im Hintergrund Gemälde von Salvatore Dali.

Auch hier wälzen sich unübersehbare Menschenmassen durch die Straßen. Doch hier scheinen ihn die Massen nicht zu stören, während er am Flughafen recht verloren wirkte, er, der gern in der Einsamkeit bei seinen Tieren lebt. Vielleicht hilft ihm ihre Gegenwart, sich nicht einsam zu fühlen. Redet sie sich das ein? Er sitzt ihr mit glücklichem Lächeln, gelöster Körperhaltung gegenüber, als wären sie allein in ihrem Wohnzimmer. Sie machen noch einige Einkäufe, dann führt er sie sicher ins Hotel zurück.

Nach dem Abendessen rauchen sie noch eine Zigarette auf dem Balkon des Hotels. Als sie ins Zimmer zurückkehrt, ist er verschwunden. Er hat sich nicht verabschiedet.

Sie schläft unruhig, wacht am Morgen gegen vier Uhr auf, als die Tür leise geöffnet wird, er sich vorsichtig entkleidet. Ein leichter Alkoholgeruch weht zur ihr herüber, dann regelmäßiges Schnarchen.

29. Kapitel

Am nächsten Tag trennen sie sich nach einem kurzen gemeinsamen Spaziergang am Hafen. Er geht zurück ins Hotel. Sie will in der Nähe vom Wasser bleiben.

Plötzlich wieder allein in einer fremden Stadt, die ihr doch durch die Sprache irgendwie vertraut ist. Sie sieht aufs Meer, trinkt hier einen Kaffee, redet dort ein paar Worte mit Einheimischen oder mit Touristen, macht Fotos, versucht die Gesichter der Vorübergehenden zu ergründen.

Dann schlendert sie langsam in die Nähe des Hotels zurück, sucht sich ein Restaurant, denn sie verspürt großen Hunger.

Nach kurzer Zeit ist er wieder an ihrer Seite. Er hat sie vom Balkon des Zimmers aus beobachtet und nun teilen sie das Hühnerfleisch und das Gemüse, das sie bestellt hat.

„Es ist schön, dass du da bist. Es macht keinen Spaß, allein zu essen." Er strahlt sie an.

Am Abend suchen sie gemeinsam mit den beiden Frauen eine Tapasbar in der Nähe des Hotels auf, die ihnen Pablo, der nette junge Mann an der Hotelrezeption, empfiehlt

Die Stimmung ist gelöst. Es sind viele jung Leute in der Bar, offensichtlich Studenten, denn die Universität ist in der Nähe. An einem Tisch gegenüber sitzen einige hübsche, sympathisch aussehende Mädchen, die ausgelassen plaudern und sich über irgendetwas totlachen wollen.

Plötzlich versteinert sich seine Miene. Sein ganzer Körper spannt sich. Sie spürt die Veränderung, betrachtet sein jetzt so hartes und unzugängliches Profil von der Seite. Er springt abrupt auf, schiebt geräuschvoll seinen Stuhl zur Seite und geht ohne ein Wort nach draußen.

Die beiden Frauen sehen sie erschrocken und fragend an. „Was hat er nur?"

„Ich weiß es nicht", muss sie gestehen. Der Appetit ist ihr vergangen.

„Er ist schwierig, nicht wahr?" fragt die eine der Frauen.

„Ja, ein bisschen. Aber vielleicht will er nur rauchen!" versucht sie abzulenken, wohl wissend, dass dies nicht der Grund seines seltsamen Verhaltens ist.

Die gute Stimmung ist dahin. Alle essen schweigend. Seine Portion bleibt unberührt..

Nach einiger Zeit, die ihr endlos erscheint, kommt er zurück. Seine Miene hat sich nicht aufgehellt. Beinahe gebieterisch fasst er sie am Arm.

„Wir gehen!"

Alle stehen auf, zahlen und begeben sich in die laue Nacht von Barcelona. Das fröhliche, ungezwungene Gelächter der jungen Spanierinnen folgt ihnen bis auf den Bürgersteig.

Es wirkt so ansteckend auf sie. Sie hätte so gern mitgelacht. Es wäre sicher interessant gewesen, mit der Jugend ein bisschen herumzualbern.

In der frischen Luft geht es ihr besser. Er hat wieder ihren Arm genommen, Sie wird das Gefühl nicht los, dass er sich dieses Mal aufstützt, dass er sie hilfesuchend hinter sich herzieht.

Doch sie ist aufgewühlt, ist nur müde, hat keine Lust zu reden.

Die beiden Frauen wollen noch mit ihm einen Aussichtsturm besteigen, um Barcelona bei Nacht von oben zu bewundern. Doch sie entschuldigt sich, macht sich los.

„Ich bin zu müde, ich gehe morgen dort hinauf."

Er sieht sie wütend und enttäuscht an, lässt sie los. Sie geht ins das Hotel, das ganz in der Nähe ist und sinkt in einen tiefen Schlaf.

30. Kapitel

Es ist schon gegen Morgen, als die Zimmertür wieder leise geöffnet wird. Die Sonne sendet schon die ersten Strahlen durch das Blättergewirr der Baumkronen vor dem Balkon des Hotelzimmers.

Verschlafen dreht sie sich zu ihm um und wünscht ihm einen guten Morgen. Verdutzt sieht er sie an; er hat wohl nicht damit gerechnet, dass sie wach ist. Wieder der unangenehme Alkoholgeruch, der zu ihr hinüber geweht wird!

Langsam, unsicher schwankend, entkleidet er sich, bemerkt offensichtlich nicht, dass er auch seine Unterhose fallen lässt. Sie sieht leicht amüsiert zu, die Hände hinter dem Kopf verschränkt, seine langsame sexuelle Erektion beobachtend.

Schließlich wendet er ihr verärgert das Gesicht zu und beginnt zu lallen, in abgehacktem Englisch, womit er sich wohl in den Bars des nächtlichen Barcelona verständigt hat.

„You have no feeling, you are cold. I had have great and deep feelings for him . . . for her, a long time, very deep feelings for him, for her, for you, but no response from you, All fake!
I always alone, so terribly alone . . . .. “ Die Stimme bricht . . . .. Weint er?

Sie schweigt, rührt sich nicht, erschüttert.

„I still young enough for life . . . sexual activity with men, with you. . . .. you don't help me, you are cold . . . . My mother alone understand me . . . .”

Schüchtern räuspert sie sich nach einer Weile: "Tell me darling, when you introduced me to your friend Willi, you used me, wanted to make him jealous, nothing more, didn't you?"

Die Frage hatte sie lange gequält, doch nie ließ er sich zu einer Antwort herab.

„Yes, no, no, no, Yes, of course, I used you. What else? Everybody uses everybody in life, you use me, I use you, what else?"

Er schreit es geradezu heraus, spuckt die Wahrheit aus, seine Wahrheit . . . die sie immer befürchtet hatte. Dennoch trifft sie das Geständnis wie ein Stich ins Herz.

Sie hatte lange geglaubt, ihn lieben zu können. Verzweifelt kämpft sie gegen die aufsteigenden Tränen, dreht ihm den Rücken zu, vergräbt das Gesicht in den Kissen.

Die Unterhaltung ist nicht rückgängig zu machen, wenn er auch mit der Fremdsprache gleichermaßen eine Wand zwischen sich und ihr aufgebaut hat.

Auch ihm scheint nunmehr die Endgültigkeit des Geständnisses bewusst geworden zu sein. Bestürzt springt er auf, zieht seine Unterhose an und setzt sich auf den Balkon, um zu rauchen.

Nach dem Frühstück schlendern sie wie jeden Morgen Hand in Hand über die Ramblas. Er besteht darauf, mit ihr den Aussichtsturm des Hotels zu besteigen, um ihr die Sicht auf die Stadt zu zeigen. Die Sonne Spaniens hilft, die Ereignisse der Nacht vorübergehend zu vergessen.

Seine Finger umschließen die ihren. Manchmal sieht er sie prüfend von der Seite an.

Am Nachmittag regnet es in Strömen. Es ist ihr letzter Tag in Barcelona. Am Abend hört sie ein Gitarrenkonzert im Palau de Musica von Barcelona, das in Erinnerung von Paco de Lucia veranstaltet wird. Er geht mit den beiden anderen Frauen in ein spanisches Restaurant Essen und berichtet ihr bei der Rückkehr ins Hotel, dass sie sehr viel „Spaß hatten".

Sie denkt noch lange an die wunderschöne Musik, die einzigartige Akustik und die tänzerischen Darbietungen des Flamenco im Palau de la Musica, die Heimfahrt im Taxi durch den strömenden Regen, die spanischen Passanten, die ihr behilflich sind, ein Taxi zu finden.

Während des Rückflugs sitzen sie zu dritt in einer Reihe, eine der Mitreisenden am Fenster, er in der Mitte, sie am Gang und neben ihr die andere Mitreisende auf dem gegenüberliegenden Sitz.

Sie vergräbt sich in ihre Jacke. Die andere Frau am Fenster unterhält ihn in Plattdeutsch, das sie wohl versteht, aber nicht sprechen kann. Die Frau füttert ihn während des ganzen Fluges mit Schokolade und Keksen, lacht jedes Mal auffallend laut, wenn sie sich mit ihm unterhält.

Sie vergräbt sich weiter, zieht die Jacke tiefer über den Kopf.

31. Kapitel

Die Herbst- und Wintermonate sind allein nicht leicht zu ertragen in dieser Region Norddeutschlands. Grauschwarze Wolkenfetzen jagen ständig über den Himmel, der Sturm peitscht den Regen gegen die Scheiben.

Sie stürzt sich in die Arbeit. Ablenkung bringen die jungen Leute und die erwachsenen Schüler, denen sie ihre Begeisterung für fremde Kulturen vermitteln will und versucht, sie für Sprachen zu motivieren. Sie hat sich ein Klavier gekauft. Mit den Sonaten und Stücken aus ihrer Jugend gelingt es ihr, ihre nicht selten traurige Stimmung zu vertreiben.

Irgendwann im Frühjahr ruft er sie wieder an, lädt sie zu einer Hengstparade im Schloss Moritzburg bei Dresden ein. Er weiß, dass sie Opern mag und gern einmal die Semper-Oper besuchen möchte.

„Wollen wir uns bei der Gelegenheit nicht auch die Zauberflöte in der Semperoper anhören?" fragt er und sieht sie erwartungsvoll an. Mit ihrer Zustimmung hat er gerechnet und bereits alle Karten reservieren lassen.

„Wir fahren am besten mit deinem Wagen."

Sie möchte nicht an einem Tag diese lange Strecke durchfahren und sie beschließen, einen Tag auf halber Strecke bei ihrem ältesten Sohn zu verbringen.

Die Sommermonate, in denen viele ihrer Freunde und Bekannten und auch ihre Söhne meistens Urlaub machen, sind für sie jetzt leichter zu ertragen mit der Vorfreude auf diese Reise, zumal sie ihn im Sommer fast nie zu Gesicht bekommt, da er meistens mit seinen Tieren zu tun hat, auf Fohlenschauen fährt oder auf seinem Hof irgend etwas veranstaltet, um Kunden anzulocken.

Einige Wochen vor der Abreise berichtet er, dass seine Mutter einen leichten Zusammenbruch erlitten hat, sich nicht mehr orientieren kann und mehr und mehr seine Hilfe benötigt.

Erneute Unsicherheit, ständige Unwägbarkeiten wegen seiner Mutter. Verständlich? Inszenierung, aus Verlustängsten, aus Egoismus, vielleicht auch aus Eifersucht auf seine Reisen, wohingegen sie ans Haus gefesselt ist oder sein will? Darf er – der Sohn, der ihr am nächsten steht – es überhaupt wagen – sie in ihrem Alter allein zu lassen? Er muss sich in einem großen Zwiespalt befinden!

Die Reise ist zwar geplant, das Hotel reserviert, die Eintrittskarten für Hengstschau und Oper bezahlt, doch sie versucht, die Vorfreude auszuschalten und sich auf ihr eigenes Leben zu konzentrieren. Warum stellt er sie seiner Mutter nicht vor? Was befürchtet er? Er hält sein Privatleben vollkommen von seiner Mutter fern. Warum fällt es ihr so schwer, sich von diesem Mann innerlich zu lösen, obwohl er sie von allem fernhält, was sein Innerstes betrifft?

Eine Woche vor der Abreise berichtet er ihr, dass seine Mutter sich endlich bereit erklärt hat – was sie bisher in aller Entschiedenheit ablehnte - einen Arzt aufzusuchen. Seine Schwester wird im äußersten Notfall für ihn einspringen.

„Ich werde dich am Tag vor der Abreise noch einmal anrufen, um dir alles zu bestätigen. Wir fahren gegen 9 Uhr ab. Richte dich darauf ein!"

Doch am Tag vor der Abreise - sie hat ihre Koffer gepackt – sie wartet, wartet, wartet, kein Anruf. Sie ist zu stolz, selbst Kontakt mit ihm aufzunehmen, zumal sein Handy ständig abgestellt ist.

Sie wartet, wartet die ganze Nacht, versucht, sich durch Politiksendungen und Musik im Radio abzulenken. Doch es gelingt ihr nicht. Soll sie den Koffer wieder auspacken? Ihr ältester Sohn rät ihr – er ist eine sehr gute Stütze – weiter zu warten und einfach zu schlafen. Doch das gelingt ihr nicht. In derartigen Situationen reagiert ihr Verdauungssystem verärgert. Akute Magenschmerzen quälen sie die ganze Nacht. Buscopan muss her!

Am nächsten Morgen gegen sieben Uhr wird die Haustür stürmisch geöffnet – sie hatte sie nicht zugesperrt - und er erscheint mit befreitem, kindlich entspannt Lächeln in ihrer Küche.

„Wir fahren gegen neun, wie verabredet!"

Sie wagt nicht zu widersprechen. Welche Macht hat er über sie? Warum sagt sie nicht einfach ab? Sie beschließt, diese Reise noch mit ihm zu machen, keine Entschuldigung oder Erklärung einzufordern, zumal er nicht die Wahrheit sagen würde und danach einen Schlussstrich unter diese so komplizierte Beziehung zu machen. Wird sie es können?

„Mach schon einmal Frühstück. Ich fahre eben zum Hof und hole meine Sachen!"

Sie duscht, packt die letzten Kleinigkeiten in den Koffer, und bereitet das Frühstück vor.

Nach einiger Zeit bringen zwei junge Mädchen seine Reisetasche und seine frisch gebügelten Hemden ins Haus und fahren mit seinem Wagen zurück zum Hof.

Sie frühstücken gemeinsam, er sagt kein Wort.

„Und deine Mutter?"

„Meine Schwester wird sich um sie kümmern im Notfall. Zurzeit konnte nichts Gravierendes im Krankenhaus festgestellt werden."

32. Kapitel

Er fährt wie immer überlegt und rücksichtsvoll. Kein Zeichen von Übermüdung wegen einer wahrscheinlich durchfeierten Nacht. In der er sicher mit keinem Gedanken an sie gedacht hat.

Ihre Bauchkrämpfe quälen sie, doch sie versucht, sich nichts anmerken zu lassen, Die letzte Buscopan-Tablette, die sie vor der Abreise nahm, beginnt zu wirken.

Sie kümmert sich nicht um den dichten Verkehr auf der Autobahn und ist froh, dass er fährt, lehnt sich entspannt zurück und nimmt sich vor, diese Reise zu genießen, bevor sie einen Schlussstrich unter diese unbefriedigende, quälende und zwielichtige Verbindung ziehen will.

Das Wetter hilft, ihre Stimmung zu bessern. Die Sonne strahlt vom Himmel. Das flache Land Norddeutschlands gleitet am rechten Fenster vorüber. Ein leichter gelbbraun Ton liegt über den Wäldern, als sie sich den deutschen Mittelgebirgen nähern.

Sie freut sich sehr, ihren ältesten Sohn und dessen griechische Lebenskameradin wiederzusehen. Ihr Sohn wird wieder ein gutes Abendessen zubereiten, sie werden sich gut unterhalten. Anne, die langjährige französische Freundin der Familie, wird sicher ebenfalls mit von der Partie sein.

Am Nachmittag stellt sie fest, dass sie eine Jacke vergessen hat. Sie hatte ihm versprochen, ihm die Fußgängerzone der lebendigen Studentenstadt zu zeigen. Es ist schon ein bisschen spät, als sie nach der Ankunft bei ihrem Sohn noch einmal in die Stadt gehen. Die Straßen sind nicht mehr sehr belebt, doch in einem Café können sie noch auf der Terrasse einen Drink zu sich nehmen und die vorübergehenden Menschen beobachten.

Sie bestellt wie üblich einen Gin Tonic, dieses Mal mit viel Alkohol, er trinkt nur Kaffee. Gegen den schon etwas kühlen Herbstabend hat sie jetzt eine hübsche neue Jacke gekauft, die er ihr fürsorglich über die Schulter legt.

Er ruft seine Mutter vom Handy aus an, bleibt dieses Mal während des Gespräches neben ihr sitzen.

„Möchtest du mit meiner Mutter sprechen?" Er reicht ihr das Handy.

Am anderen Ende hört sie eine tiefe, recht männlich wirkende Stimme. Es ist zum ersten Mal seit ihrer nun schon fast neunjährigen Bekanntschaft, dass sie einen mehr oder weniger persönlichen Kontakt mit der alten Dame hat, von der er bei jeder ihrer Begegnungen spricht. Die männlich wirkende Stimme überrascht sie nicht.

„Ja, wir haben eine sehr entspannte Fahrt bis hierher gehabt. Frau. . . . Ja, natürlich, wir werden vorsichtig fahren, ich werde auf ihren Sohn aufpassen".

Braucht er einen Aufpasser? Schließlich ist er schon lange volljährig! Soll sie etwa die Mutterrolle übernehmen?

Er nimmt ihr das Handy ab und redet weiter mit seiner Mutter in seinem plattdeutschen Dialekt, den sie zwar versteht, aber nicht spricht. Seine Stimme wirkt nicht sehr selbstbewusst, eher beschwichtigend und unterwürfig, wenn er mit seiner Mutter spricht.

Der Gedanke geht ihr durch den Kopf, dass er keineswegs so souverän ist, wie sie ihn immer erlebt oder sich ihn in Gedanken gewünscht hat, Besitzer eines großen Hofes, vieler Tiere, mit viel Verantwortungsgefühl, der sie durch seine einfühlsame, verständnisvolle Haltung beeindruckt hat, den sie glaubte, lieben zu können. Doch seine Stimme ist jetzt die eines furchtsamen Kindes, das sich rechtfertigen muss, Strafe und Liebesentzug zu fürchten hat.

Sie will nicht mehr zuhören, steht auf, zahlt die Getränke, zu denen sie ihn eingeladen hat und geht schon einige Schritte voraus, zum Haus ihres Sohnes. Der Gin ist ihr zu Kopf gestiegen, sie schwankt ein bisschen, fühlt sich jedoch auf unerklärliche Weise erleichtert.

Da nimmt er auch schon ihren Arm, stützt sie.

„Warum lässt du mich allein?"

„Aber das tue ich doch nicht, du bist doch erwachsen."

Ist er das?

Sie schlendern Arm in Arm durch die nunmehr ruhig gewordene Stadt. In der Nähe des Theaters zeigt sie ihm die Grabstelle der alten Dame, die vor Jahren hier auf der Straße ihren Schlafplatz unter einer großen Tanne hatte. Sie war von einem Obdachlosen vergewaltigt und danach erwürgt worden. Die Anwohner hatten ihr einen Gedenkstein errichtet.

33. Kapitel

Das Hotel im Zentrum von Dresden, am Rande der historischen Altstadt, ist funktional und kalt, mit zahlreichen Stockwerken und noch zahlreicheren kleinen Zimmern.

Nach dem Abendessen in einem thailändischen Restaurant führt er sie ins Zimmer, verlässt den Raum, einmal wieder, ohne sich zu verabschieden, geschweige denn, ihr einen annähernden Zeitpunkt seiner Rückkehr zu nennen.

Sie ordnet ihre Kleidung, liest, wollte eigentlich einen Jazz-Keller besuchen, kann sich jedoch ohne seine Begleitung nicht dazu aufraffen, liest wieder, um sich abzulenken und fällt schließlich in einen unruhigen Schlaf.

Als sie gegen sechs Uhr am nächsten Morgen aufwacht, ist sein Bett unbenutzt. Was ist passiert? Erkundet er einfach die Stadt und wird gleich auftauchen? Sie ist wütend. Nach einer weiteren Stunde des Wartens duscht sie, ruft ihn auf seinem Handy an. Wie immer, antwortet er natürlich nicht. Nach einer weiteren halben Stunde – die ihr endlos erscheint – versucht sie es noch einmal – wieder ohne Erfolg. Sie ist entschlossen abzureisen und teilt ihm dies per Handy mit. Warum lässt sie sich immer wieder auf ihn ein, auf die Unwägbarkeiten, die der Umgang mit ihm für sie mit sich bringt? Wo ist ihre Selbständigkeit geblieben, ihre Ruhe?

Ihr Körper rebelliert, Magenkrämpfe quälen sie. Sie nimmt eine Buscopan-Tablette, begibt sich ins Restaurant, um zu frühstücken. Hier ist bereits die Hölle los. Das Hotel scheint ausgebucht zu sein. Die Menschen drängeln am

Frühstücksbuffet. Sie trinkt einfach einen starken Kaffee und will dann nur nach Hause.

Zurück im Zimmer packt sie ihre Sachen, als sich vorsichtig die Tür öffnet, ein äußerst unangenehmer Alkoholgeruch strömt ihr entgegen.

„Diese Stadt ist .. sehr gut . . . vernetzt – keine Ausgrenzung, bin akzeptiert, gut vernetzt", lallt er und legt sich auf das Bett, sie aufmerksam beobachtend.

Sie dreht ihm den Rücken zu, antwortet nicht, unterdrückt ihre Wut, schaut aus dem Fenster ihres Zimmers im achten Stock. Irgendwo links ein Kirchturm. Welche Kirche? Eigentlich ist ihr alles egal.

Er geht duschen.

„Gehen wir frühstücken?" fragt er, nun wohl nüchtern.

Da wartet ja die Hengstparade, die „Zauberflöte" in der Semper-Oper, auf die sie sich einige Monate lang gefreut hat!

Sie wirft einen schnellen Blick in den Spiegel, hält ihr Gesicht einen Augenblick unter kaltes Wasser und trottet hinter ihm her

Im Frühstücksraum lädt er seinen Teller voll. Sie nimmt sich wieder nur einen Kaffee.

„Willst du nichts essen?"
„Habe ich bereits", lügt sie.

34. Kapitel

Sie fahren schweigend nach Schloss Moritzburg. Er kennt den Weg, hat hier früher schon einmal ein Praktikum absolviert.

Eine große Menschenmenge, sehr viele Autos und Busse sind schon auf den freien Flächen vor dem wunderschönen Jagdschloss August des Starken versammelt. Aber es ist noch ausreichend Zeit, um einen Gang durch die Stallungen zu machen, wo die Pferde für das große Ereignis geputzt und gestriegelt werden.

Würziger Stallgeruch schlägt ihnen entgegen, ein Geruch, den sie liebt und der sie an die Zeit mit ihrer Stute Fee erinnert. Sie macht Fotos. Besonders ein riesiger Schimmel hat es ihr angetan, der sie mit sanftem Blick von seiner Höhe herunter betrachtet. Das große dunkle Auge ruht nachdenklich auf ihrem Gesicht. Sie legt ihre Hand an die weiche Pferdenase und streichelt sie. Das Tier lässt es zu, schnuppert ein wenig an ihrer Hand, dreht sich nicht weg. Spürt es ihre Traurigkeit? Sie ist den Tränen nahe, möchte am liebsten in den Stall des Hengstes und ihren Kopf an seinem warmen Körper schmiegen.

Noch oft hat sie später das Foto dieses ausdrucksvollen Auges betrachtet und sich an diesen Augenblick erinnert, an das Tier, das für einen kurzen Moment Ruhe, Gelassenheit und Trost auf sie übertrug.

Sie suchen ihre Plätze auf der dicht besetzten Tribüne. Eine Musikkapelle kündigt den Beginn der Veranstaltungen an. Dann die überwältigenden Eindrücke von Kraft, Eleganz, die Schönheit der hereinreitenden Tiere, die Harmonie zwischen Reitern und Pferden!

Dankbar lehnt sie den Kopf an seine Schulter und er legt den Arm um sie. Die Wut der vergangenen Nacht ist vergessen.

Nach einigen Irrungen und Wirrungen in den umliegenden Wäldern von Moritzburg, über regennasse Straßen – gleich nach den Darbietungen hatte ein heftiger Regen eingesetzt - finden sie endlich in einer kleinen Ortschaft das französische Restaurant – ein Geheimtipp, der ihm von einem seiner Kollegen gegeben worden war.

Das Essen scheint hervorragend zu sein, die Bedienung, die Besitzerin des Restaurants, eine sehr sympathisch aussehende Dame mittleren Alters, ausgesprochen höflich, professionell, doch keineswegs unpersönlich, strahlt Ruhe und Selbstbewusstsein aus

Er isst mit sehr gutem Appetit. Sie lässt es bei einem Mineralwasser bewenden, denn ihr Magen revoltiert noch immer.

„Ihr Mann scheint unser Essen zu schätzen. Haben Sie keinen Appetit?" wendet sich die Besitzerin an sie.

Ihr Mann! Sie widerspricht nicht. „Ich habe mir ein bisschen den Magen verdorben, wir werden ein anderes Mal wieder zu Ihnen kommen, denn es sieht alles sehr lecker aus."

Sie probiert ein bisschen von seinem Nachtisch.

Am Nebentisch hat eine Großfamilie Platz genommen,

zwei ältere Ehepaare und ein jüngerer dunkelhaariger, gut aussehender Mann und eine hübsche gepflegte Blondine, die entweder verliebt, verlobt oder frisch verheiratet sind. Das jüngere Paar war ihr schon während der Darbietungen angenehm aufgefallen, denn sie saßen eine Reihe vor ihnen.

Warum wird sein Gesicht so abweisend, so hart, wenn er einen Blick an den Nebentisch wirft?

Der junge Mann begibt sich zur Toilette. Nach dem Nachtisch geht er ebenfalls zur Toilette, kommt wütend und beinahe schimpfend zurück.

„Der blöde Kerl hat nicht gespült!" zischt er zwischen den Zähnen.

Warum regt er sich so unangemessen heftig darüber auf, dass dieser Mann offensichtlich vergessen hatte, die Toilettenspülung nach dem Toilettengang zu betätigen? Wäre diese Tatsache es überhaupt wert gewesen, erwähnt zu werden?

Sie kommentiert seinen Ärger nicht, zieht es vor, nicht mehr in seine jetzt so verhärtete Miene zu sehen, schaut auf das Erdbeersorbet, das noch zur Hälfte auf ihrem Teller liegt.

Es hat nicht aufgehört zu regnen und es ist nicht ganz leicht, den Weg zurück in die Stadt zu finden. Doch sie vertraut seinem Orientierungssinn, lehnt sich im Auto zurück und lässt die wunderschönen Eindrücke der Hengstparade noch einmal vor ihrem geistigen Auge Revue passieren.

Er bleibt diese Nacht im Hotel und nach dem versäumten Schlaf der letzten Nacht will sie nur noch schlafen, nicht mehr denken, nicht mehr traurig sein.

35. Kapitel

Ein undefinierbares, unangenehmes Raunen schlägt ihnen schon an der Rezeption des Hotels entgegen, der Frühstücksraum ist wieder überfüllt.

Nach dem Frühstück schlendern sie Hand in Hand durch die Straßen der Altstadt, die nach dem schrecklichen Angriff am Ende des Zweiten Weltkrieges wieder wie neu aus der Asche erstanden ist. Nach dem ausgiebigen Regen der Nacht glänzen die Gebäude wie neu, gepflegte Blumenrabatte schmücken die Gartenanlagen. Die Sonnenstrahlen streicheln ihre Gesichter.

Hier trinkt man einen Kaffee, dort raucht man ein paar Zigaretten zusammen.

An einem Nebentisch fallen drei südlich aussehende Damen auf, augenscheinlich Großmutter, Mutter und Tochter.

„Wo mögen sie herkommen?"

„Frag sie doch einfach, es sind bestimmt Spanierinnen, du sprichst doch Spanisch", schlägt er vor.

Sie möchte nicht stören, denn die drei Damen schauen angestrengt in einen Reiseführer, versuchen sich zu orientieren.

„Frag doch einfach, ob du helfen kannst", drängt er.

Sie zögert einen Moment und fragt dann: „Podría ayudarles?"

Die drei Damen, die aus Mexiko kommen, sind überrascht, dass sie in ihrer Muttersprache angesprochen werden. Es entwickelt sich eine angenehme Unterhaltung. Sie bezieht ihn ein, indem sie übersetzt, weil sie weiß, wie empfindlich er reagiert, wenn er sich – oft zu Unrecht – nicht beachtet fühlt.

„Die Deutschen sind ein erstaunlich starkes Volk", lässt sich die Großmutter vernehmen, „sie richten sich immer wieder auf, auch nach den größten Niederlagen!"

Nervös zieht er an seiner Zigarette, mischt sich nun unvermittelt in deutscher Sprache ein, Rednerposition einnehmend, und hält einen Vortrag über die deutsche Geschichte während der Zeit August des Starken. Wieder ist sie erstaunt über seine fundierten historischen Kenntnisse. Doch was hat ihn bewogen, sein Wissen hier auszubreiten?

Die Damen sehen ihn verdutzt an, er scheint nicht zu bemerken, dass sie ihn ja nicht verstehen.

Sie übersetzt, ein bisschen verlegen, entschuldigt sich, doch die Damen - zwar erstaunt – erwidern jedoch äußerst liebenswürdig, dass sie für jede Information dankbar sind. Ein leises, entschuldigendes Lächeln spielt um die Lippen der Großmutter.

Schweigend schlendern sie weiter. Er ergreift ihren Arm, sein feuchter entschuldigender Blick streift sie von der Seite.

„Möchtest du, dass ich von dir ein Foto mache?"

Sie will nicht gern fotografiert werden, willigt jedoch ein, um ihn nicht noch mehr zu verärgern.

„Nun gut, mach ein Foto!"

Nach einem Imbiss in einem schönen kleinen Lokal in der Nähe der Semper-Oper probieren sie ihre Abendgarderobe im Hotel. Sie hatte sich zu diesem Anlass ein neues Kleid gekauft, er sucht eines seiner frisch gebügelten Hemden aus.

Elegant für die Oper herausgeputzt betrachten sie ihr Bild im Spiegel des Hotels. Aufrecht, mit ernster, hoheitsvoller Miene, blickt er ins Bild, versucht, den Bauch einzuziehen. Man sieht ihr das Alter nicht an, sie wirkt wie ein trauriger kleiner Teenager.

„Eigentlich sind wir ein schönes Paar, nicht wahr?"

„Ja, eigentlich!" antwortet er lapidar.

36. Kapitel

Auf dieses Ereignis haben sich schon beide den ganzen Sommer gefreut.

Im Foyer des berühmten Opernhauses wandeln schon einige Besucher auf und ab. Er nimmt ihren Arm und lädt sie an einer Bar im Foyer zu einem Glas Sekt ein. Sei bemerkt, dass er sich über den überhöhten Preis des Getränkes ärgert, doch vermeidet jeglichen Kommentar.

Sie begeben sich mit ihren Gläsern an einen freien Stehtisch im Foyer, stoßen an und beobachten die zahlreichen Besucher, die nach und nach hereinströmen.

Zwei etwas ältere Damen gesellen sich zu ihnen, nachdem sie höflich um Erlaubnis gefragt haben. Sie ist froh über die Gesellschaft, das Schweigen zwischen ihnen wird für sie immer unerträglicher.

Einige hübsche junge Mädchen gruppieren sich um den Tisch, offensichtlich gehören sie zu den beiden Damen.

Man macht sich bekannt. Die Gruppe kommt aus Flensburg und befindet sich auf einer Abschiedsreise nach einer Abiturprüfung. Morgen soll es weitergehen bis Prag.

Die beiden Damen sind Kunstlehrerinnen. Das Gespräch dreht sich um deren Besuch in der Galerie „Alte Meister", wo sie die „Sixtinische Madonna" von Raffael bewundert haben.

„Es ist schade, dass wir dort nicht waren. Aber man kann nicht alle Sehenswürdigkeiten in Dresden an einem Tag besichtigen. Aber wir kommen sicher noch einmal in die Stadt".

Er blickt missmutig in sein Glas.

Sie freut sich, dass ein angenehmes Geplauder stattfindet, findet sich erinnert an ihre eigene Tätigkeit als Lehrerin, als sie noch mit Jugendlichen auf Reisen war, was sie immer sehr genossen hat.

Doch ein Blick auf sein Profil sagt ihr, dass irgendetwas ihn schon wieder ärgert. Was geht in ihm vor? Sein Gesichtsausdruck ist hart und unnahbar. Er zieht sie mit sich fort.

„Gehen wir!"

Sie verabschiedet sich höflich von der Gruppe, allen noch eine gute Weiterreise wünschend und folgt ihm gehorsam.

Er ist ihr fremd geworden. Wo ist sein Charme, seine Liebenswürdigkeit, seine Überlegenheit, die sie immer zu ihm hingezogen haben?

Er hat schöne Plätze im Parkett reserviert und sie lauscht gebannt den Klängen der Ouvertüre, doch wagt sie nicht, ihn anzusehen. Seine Miene hellt sich nicht auf, auch nicht bei der schönen Arie der Königin der Nacht und bei dem wunderschönen Lied des Papageno „Dies Bildnis ist besonders schön".

Sie weiß, dass er sehr empfänglich ist für Mozarts Musik, hat seine Gegenwart bei der Oper „Giovanni" genossen, die sie beide einmal besucht haben.

„Die Oper hat dir nicht gefallen?" fragt sie, nachdem die letzten Beifallsbekundungen des Publikums verklungen, der Vorhang gefallen ist und die Zuschauer zu den Ausgängen drängen.

„Nein!" Mit seiner kurzen abweisenden Antwort verbietet er ihr geradezu, weitere Fragen zu stellen.

Die Abendluft dieses Herbstabends ist angenehm frisch nach der etwas stickigen Atmosphäre während der Vorführung.

Sie ist erleichtert, als er ihr seinen Arm anbietet, sie kuschelt sich etwas an ihn, seine Nähe suchend.

Viele Jugendliche sitzen in den Straßencafés, als sie zu Fuß zum Hotel zurückgehen. Offensichtlich bieten sie als Paar einen sympathischen Anblick. Die jungen Leute lächeln und winken ihnen zu.

„Wollen wir hier nicht noch einen Drink nehmen?" schlägt sie vor.

Wieder dieses unversöhnliche „Nein", der harte Tonfall, der keine Widerrede duldet.

Er ist ihr fremd geworden.

37. Kapitel

Am nächsten Morgen treten sie die Heimreise an. Er raucht noch einige Zigaretten vor dem Hotel, bevor er den PKW aus der Tiefgarage des Hotels holt.

Während sie wartend vor dem Hotel im Sonnenschein sitzt, beobachtet sie auffallend viele gleichgeschlechtliche Paare männlichen Geschlechts. Ist ihr Blick für diesen Tatbestand jetzt geschärfter, seitdem sie mit ihm befreundet ist oder reagiert sie überempfindlich?

Trotz des wunderschönen Sonnenscheins ist sie traurig. Die Vorstädte von Dresden bieten – im Gegensatz zu dem barocken Prunk der Innenstadt – einen grau-düsteren, ja fast ärmlichen Anblick, der ihr bei der Einfahrt in die Stadt nicht aufgefallen war, weil sie beide mit der Suche nach dem Hotel beschäftigt waren.

Als sie ein Stück aus der Stadt herausgefahren sind, die richtige Autobahn gefunden haben, versucht sie, das Schweigen zu brechen, das nun zwischen ihnen herrscht, während sie auf der Hinfahrt und in anderen Situationen des Alleinseins mit ihm stets ein interessantes Gesprächsthema oder einen Grund zu ausgelassener Fröhlichkeit gefunden hatten.

„Mir kommt in dieser Stadt vieles sehr widersprüchlich vor, zum Beispiel der auffallende Unterschied zwischen der Innenstadt und den Außenbezirken, die hässlichen grauen Plattenbauten, nachlässig gekleidete, missmutig dreinblickende Menschen, sehr viele homosexuelle Pärchen, findest du nicht auch?"

Statt einer Antwort beschleunigt er plötzlich auf bedrohliche Weise das Tempo.

„Ist das deine wirkliche Einstellung zu mir?" brüllt er mit wütend verzerrtem Gesichtsausdruck.

„Deine blöde Freundin in Wittenberg interessiert mich überhaupt nicht, du verdammte Metze, ich will sofort nach Hause auf meinen Hof, fahr mich zum Bahnhof nach Leipzig. Du musst mich nicht länger ertragen. Was soll ich noch hier?"

Zutiefst erschrocken zuckt sie auf ihrem Sitz zusammen, hält sich am Griff des Handschuhfaches fest. Die Verzweiflung in seiner Stimme tut ihr weh.

„Fahr bitte sofort auf den nächsten Parkplatz, du missverstehst mich gründlich!"

Er gehorcht. Sie zieht den Zündschlüssel ab, steigt aus, geht zu einer Bank auf dem Parkplatz, versucht, sich zu beruhigen.

Auf einer Bank nebenan sitzt eine Familie beim Picknick, die sie besorgt beobachten.

Er geht unruhig um den Wagen herum, steigt wieder ein, setzt sich ans Steuer.

Der Verkehrslärm auf der Autobahn hat auf beängstigende Weise zugenommen. Der Parkplatz ist unsauber, überall liegen Essensreste und Plastik herum.

Sie steigt wieder ein.

„Entschuldige bitte, ich wollte dich niemals persönlich beleidigen, das weißt du. Es war nur eine allgemeine Feststellung über den Zustand unserer Gesellschaft."

Sie hätte ihre Bemerkung unterdrücken sollen. Ihr ist plötzlich klar geworden, wie verletzlich er st. Wie sehr muss er gelitten haben! Doch aus welchem Grunde beschimpft er sie mit „Metze"? Sie glaubt sich zu erinnern, diesen Ausdruck, der soviel wie „Dirne" bedeutet einmal in ihrer Schulzeit in Texten aus dem Mittelalter vernommen zu haben.

Ganz unvermittelt legt er seinen Kopf auf ihren Arm.

„Ich reagiere immer zu jähzornig, entschuldige."

Er sieht in ihr Gesicht mit diesem feuchten „Hundeblick", wie er einmal von sich selbst gesagt hat.

Sein Zorn ist so plötzlich verraucht wie er entstanden ist. Wie ist es möglich, dass er so wandelbar ist? Verstellt er sich, weil er es für notwendig erachtet? Ist seine Reaktion ehrlich?

Sie schiebt sanft seinen Kopf von ihrem Arm, steckt den Autoschlüssel wieder ins Zündschloss,

„Lass uns einfach weiterfahren", lenkt sie ein.

Wie erstaunlich sicher und ruhig er jetzt fährt! Wie schnell er sich gefasst hat, wie überlegen er auf diesen beinahe bedrohlich rasanten Verkehr mit den zahlreichen LKWs aus osteuropäischen Ländern reagiert, die die gesamte rechte Fahrbahn blockieren und ab und an höchst gewagt Überholmanöver auf der linken Fahrbahn riskieren.

Wie geplant verbringen sie nun doch gemeinsam noch einen Tag in der Lutherstadt Wittenberg, wo sie ihre Freundin treffen und noch einen angenehmen Spaziergang und ein schönes Abendessen im Hotel genießen.

Wie immer lässt er seinen Charme bei ihrer Freundin spielen, ist zuvorkommend, interessiert an gemeinsamen Unterhaltung, beweist sich als vollkommener Kavalier, reicht ihrer Freundin seinen Arm, die es jedoch vorzieht, allein zu gehen.

Während der Fahrt in die norddeutsche Heimat hat er sein Handy, das zwischen ihnen liegt, nicht abgestellt. Es klingelt nun unaufhörlich, er nimmt nicht ab, blickt jedoch unaufhörlich zur Seite.

Nimmt er absichtlich nicht ab, damit auch sie bemerkt, wie begehrt er ist?

„Willst du nicht endlich einmal antworten, damit das Geklingel aufhört?!

„Stört dich das etwa?"

„Allerdings, nimm doch bitte ab!"

Er reagiert nicht, sie glaubt, ein hämisches Lächeln in seinen Gesichtszügen zu bemerken, er raucht lässig, triumphiert.

Sie erkennt den Namen „Dave" auf dem Handy, das erneut nervt.

Warum will er sie quälen?

Angestrengt versucht sie, ihre Wut zu verbergen, heuchelt

Gleichgültigkeit und blickt aus dem Fenster auf die vorüber ziehende Landschaft.

Er fährt bis zu seinem Hof, lädt sein Gepäck und seine Kleidung aus.

„Danke, dass du mich so lange Jahre ertragen hast!" Sein Gesicht ist entstellt vor Wut, oder täuscht sie sich? Ist er erleichtert?

Sie steigt ein, fährt an. Im Rückspiegel bemerkt sie, wie er etwas gebückt ins Haus geht.

In Ihrem Haus angekommen bringt sie ihr Gepäck hinein, ruft ihre Söhne an, um ihre Rückkehr zu melden.

Sie freut sich, die vertraute Stimme zu hören.

„Alles gut, ich erzähle später, muss mich erst einmal wiederfinden."

38. Kapitel

Drei Monate später.

Nach Silvester bemerkt sie seinen Wagen vor ihrer Haustür, Mit einer Christrose im Arm wünscht er ihr alles Gute zum Neuen Jahr, umarmt sie wie gewöhnlich einige Male. Er stellt eine Keksdose mit einer Eintrittskarte für das Ballett „Schwanensee" auf den Küchentisch, dreht ihr den Rücken zu, als sie die Dose öffnet.

„Ich weiß, dass du Tschaikowsky liebst!"

„Ich freue mich sehr darauf, es mit dir zusammen zu genießen!"

Sie trinken gemeinsam Kaffee, frühstücken und rauchen einige Zigaretten zusammen. Er beschwert sich erneut über seine Mutter, habe Sylvester in einer Kneipe verbracht, einige Gläser getrunken und sei dann nach Hause ins Bett gegangen. Ist er wieder allein?

Beim Abschied begleitet sie ihn bis zu seinem Wagen, bemerkt einige Orchideen auf dem Rücksitz.

„Du hast den ganzen Blumenladen leer gekauft?"

„Natürlich, es gibt ja auch noch andere... ."

„Noch andere sogenannte Orchideen-Freundinnen?" fragt sie mit ironischem Lächeln.

Er antwortet nicht

Am Tage der Ballettaufführung regnet es heftig. Doch wie immer fährt er sicher und rücksichtsvoll.

Das Ballett ist sehr gut besucht, sie haben Mühe, einen Parkplatz zu finden.

Begeistert umarmt und küsst er sie nach der Vorstellung. Seine Augen sind feucht.

„Nur mit dir kann ich etwas Derartiges richtig genießen!"

„Auch ich habe es sehr genossen, ich danke dir sehr für die Einladung."

Ehrlich oder alles „fake", wie die künstlichen Orchideen vor seinem Küchenfenster?

Es regnet immer noch heftig. Sie kuschelt sich in die Ecke und schläft. Er hat die CD eingeschaltet mit der Musik Tschaikowskys, die sie ihm geschenkt hat.

Am nächsten Morgen hört sie ihren Anrufbeantworter ab. Seine einschmeichelnde Stimme:

„Es war ein sehr schöner Abend, nicht wahr? Ich höre ständig die CD, wenn ich unterwegs bin. Ich glaube, dieses gemeinsame Erlebnis hat uns beiden sehr gut getan!"

Sie ruft nicht mehr zurück.